www.ingramcontent.com/pod-product-compliance
Lightning Source LLC
LaVergne TN
LVHW050954051026
849532LV00005B/1830
9789369088317

افسانے عہدِ نو کے

(حصہ : ۳)

(رسالہ 'چہار سو' سے منتخب افسانے)

ادارہ چہار سو

Afsane Ahd-e-Nau ke - Part-3 *(Short Stories)*
by: Idara Chaharsu
Edition: March '2025
Publisher:
Taemeer Publications LLC (Michigan, USA / Hyderabad, India)

ISBN 978-93-6908-831-7

9 789369 088317

کتاب	:	**افسانے عہدِ نو کے** (حصہ:3)
مرتب	:	**ادارہ چہارسو**
صنف	:	فکشن
ناشر	:	تعمیر پبلی کیشنز (حیدرآباد، انڈیا)
سالِ اشاعت	:	۲۰۲۵ء
صفحات	:	۵۶

فہرست

رنگوں کے پیچھے

رشید امجد

مخمصہ یہیں سے شروع ہوا تھا کہ ٹیبل کلنڈر کا ورق اُلٹتے ہوئے خیال آیا کہ دن نہیں بدلتا وہ خود بدل رہا ہے۔ ٹیبل کلنڈر رکھنے کا چسکا بڑا پرانا تھا۔ گھر میں یہ لاؤنج کی کارنس پر تھا اور دفتر میں میز پر۔ واش روم سے نکل کر، کپڑے پہن کر ناشتہ کرنے سے پہلے وہ اس کا روق الٹتا، دفتر میں بھی کرسی پر بیٹھتے ہی اس کا پہلا کام ٹیبل کلنڈر کا ورق الٹنا ہوتا۔ سال ختم ہونے سے کئی دن پہلے وہ بازار سے کلنڈر لے آتا۔ یہ ایسا معمول تھا جس میں کبھی ناغہ نہ پڑتا، ہاں چھٹی والے دن دفتر کے ٹیبل کلنڈر کے صفحات الٹنے میں فرق پڑ جاتا۔

روز یوں ہی ہوتا تھا لیکن اُس روز دفعتہً احساس ہوا کہ وہ صفحہ نہیں الٹ رہا بلکہ اپنے آپ میں کوئی تبدیلی کر رہا ہے۔ اب یہ معلوم پیش تھا کہ یہ تبدیلی آگے کی طرف ہے یا پیچھے کی طرف۔

''میں ہر روز ایک قدم آگے رکھ رہا ہوں یا پیچھے ہٹ رہا ہوں''

اپنے آپ سے پوچھا لیکن کوئی جواب نہیں ملا۔

بچپن کی یادداشتوں میں ہجرت کا کرب شامل تھا لیکن وہ جس راستے اور جہاں سے آئے تھے وہاں مار دھاڑ اور خون خرابہ نہیں تھا لیکن ایک نہ سمجھنے والی اداسی ضرور تھی، کوئی شے جسے نام نہیں دیا جا سکتا تھا، پیچھے رہ گئی تھی آگے دھندلکا تھا۔

اب یہ سب باتیں اُس خواب کی سی تھیں جس کا کچھ حصہ یاد رہتا ہے اور کچھ بھول جاتا ہے۔ یاد والے حصے میں ٹاٹ کے سکول میں داخلہ اور ماسٹر صاحب کا ڈنڈا۔ پہاڑے یاد نہ ہونے پر صبح صبح سخت سردی میں ہاتھوں پر ہیئت کے لال نشان اور درد کی اینٹھن۔ انگریزی کے پیریڈ میں گرائمر کے صحیح جواب اور استاد کی شاباس، بس یہی کھٹی میٹھی یادیں اب باقی تھیں۔ تیزی سے آگے بڑھنے کا سفر، ملازمت، شادی، بچے، گھر، گاڑی ایک کے بعد ایک پڑاؤ سے آگے نکلنے کی تگ ودو اور ایسے ہی روز ٹیبل کلنڈر کا صفحہ بدلنے کا مطلب یہ تھا کہ ایک نیا دن شروع ہو گیا۔ لیکن اُس روز احساس ہوا کہ نیا دن شروع نہیں ہوا، ایک اور دن گزر گیا اور اس گزرے دن کے ساتھ اس کے وجود میں بھی ایک تبدیلی آ گئی ہے۔ مثبت یا منفی، اس کا اندازہ نہیں تھا۔

کہیں پڑھا تھا کہ ایک لمحے میں کوئی چیز جیسی ہوتی ہے اگلے لمحے میں ویسی نہیں ہوتی، تو ہر لمحے کے ساتھ وجود میں ایک تبدیلی آتی ہے اُس نے سوچا ''ایک لمحہ پہلے میں جیسا تھا، اس وقت وہ نہیں اور اگلے لمحے میں۔۔۔''

''یہ وقت کیا شے ہے؟'' اُس نے مرشد سے پوچھا ''جو لمحہ بہ لمحہ چیزوں کو بدلتا رہتا ہے اور آخر۔۔۔''

مرشد نے جملہ پورا ہونے کا انتظار کیا لیکن جب وہ چپ رہا تو بولا ''وقت ایک کیفیت ہے، وہ حقیقت بھی ہے اور خواب بھی''

''دونوں میں کیا فرق ہے؟''

''محسوس کرنے کا''

''تو میں محسوس کرتا ہوں کہ ایک دن گزر گیا، یا شاید یہ کہ ایک نیا دن شروع ہو گیا'' وہ بڑبڑایا مرشد ہنسا۔۔۔ ''حالانکہ نہ کچھ گزرتا ہے نہ شروع ہوتا ہے''

''تو ہم ایک کیفیت میں ہیں'' اُس نے کہا

''اور پھر ہم ایک دوسری کیفیت میں چلے جائیں گے'' مرشد بولا

''تو یہ ساری کیفیتیں وقت ہی کے روپ ہیں''

مرشد نے اثبات میں سر ہلایا۔

ایک کیفیت حرکت اور روزمرہ کی تگ ودو کی ہے اور اس کے بعد ایک کیفیت خاموشی اور بے حرکتی کی۔ چھے بائی تین کے ایک گڑھے میں منوں مٹی کے نیچے بے حرکتی بھی شاید اپنے اندر ایک تحرک رکھتی ہے۔ کبھی پڑھا تھا کہ مرنے کے بعد بھی بال اور ناخن بڑھتے رہتے ہیں، کب تک؟ یہ نہیں لکھا ہوا تھا۔

''تو اس کا مطلب ہے مرنے کے بعد بھی جسم میں نمو کی کوئی قوت موجود رہتی ہے۔

کچھ دیر سوچتا رہا، پھر بولا۔۔۔ ''یہ صرف احساس ہے یا واقعی جسم میں زندگی کی حقیقی رمق موجود رہتی ہے''

مرشد نے کہا۔۔۔ ''زندگی تو کبھی ختم نہیں ہوئی، بس کچھ دیر کے لیے اس کا تسلسل معطل ہو جاتا ہے''

اُس نے سوچا اور لگا وہ چھے بائی تین فٹ کے گڑھے میں منوں مٹی کے نیچے بے حس وحرکت پڑا ہے۔ جسم کے کچھ حصوں میں نمو کی قوت موجود ہے لیکن وہ خود ایک خواب میں ہے جس کے کچھ حصے کڑوے ہیں کچھ میٹھے۔۔۔ تو یہ خواب!

صور پھونکا جائے گا تو یہ دنیا ریزہ ریزہ ہو جائے گی۔ مجھے اٹھایا جائے گا لیکن کہاں۔۔۔ دنیا تو ریزہ ریزہ ہو چکی ہو گی میں کہاں اٹھوں گا۔۔۔ کسی خلد میں؟ کسی اور کرہ میں؟ کہاں؟ حساب کا میدان کہاں ہوگا، کسی خلاء میں؟

دنیا پرزے پرزے ہو کر تحلیل ہو جائے گی۔۔۔ کلنڈر کا اگلا صفحہ۔۔۔ آج کیا دن ہے۔۔۔ اگلا دن کونسا ہوگا۔

''میں نہیں ہوں گا تو اس کلنڈر کے کیا معنیٰ'' مرشد سے پوچھا

مرشد نے کہا۔۔۔''کلنڈر موجود رہے گا کہ وہ وقت کی علامت ہے لیکن ہم ختم ہو جائیں گے کہ ہماری گھٹی میں فنا ہے''

''جب اوّل و آخر فنا ہی ہے تو پھر یہ کھیل کیا ہے۔ روز صبح کلنڈر کا صفحہ الٹنے کے کیا معنی ہیں؟''

مرشد مسکرایا۔۔۔''اگر ہر شے کے معنی تلاش کئے جائیں تو سفر رک جاتا ہے، کچھ نہ جاننا ہی بہتر ہے، یہی زندگی کا حُسن ہے''۔ خوبصورتی اور بدصورتی، سیاہی اور روشنائی ساری زندگی ان کی تلاش اور پہچان میں گزر جاتی ہے۔

''میں جاننا اور پہچاننا چاہتا ہوں'' اُس نے مرشد سے کہا۔

''تو سفر کا آغاز کرو'' اُس نے جواب دیا۔ پھر خود ہی کہا۔۔۔''لیکن سفر تو جاری ہے، یہ روز جو تم کلنڈر کا صفحہ بدلتے ہو، یہ سفر کے احساس کی دلیل ہی تو ہے''

اُس نے روز صفحہ بدلنا چھوڑ دیا اور چلتا رہا، چلتا رہا، یہاں تک کہ ایک روز ایک بہت بڑے آئینے کے سامنے پہنچ گیا۔

اُس صبح اُس نے سارے صفحات ایک ساتھ ہی اُلٹ دئے تھے!

○

بادشاہ کا قد

حسن منظر

جس چھوٹے سے ملک کے بادشاہ کا یہ قصہ ہے ایک دن اچانک اس کی جان کو ایک عجیب فکر لگ گئی۔

رات کو اچھا خاصا سویا تھا، کوئی بُرا خواب بھی نہیں دیکھا لیکن جب سو کر اٹھا اور ناشتے کے لیے تیار ہونے جا رہا تھا تو اس نے عادت کے مطابق قد آدم آئینے کے سامنے کھڑے ہو کر انگڑائی لی کہ کسلمندی دور کر سکے۔ خیر کسلمندی تو دور ہو گئی لیکن اسے لگا رات بھر میں کچھ نہیں تو اس کا قد تین چار اُنگل چھوٹا ہو گیا ہے۔ اس نے آئینے میں غور سے اپنے عکس کو سر سے لے کر پیر کی انگلیوں تک دیکھا اور جب دوبارہ خود کو پہلے سے چھوٹا لگا تو گھبراہٹ میں چاروں طرف گھوم کر دیکھا کہ کوئی مجھے دیکھ تو نہیں رہا ہے اور پھر آئینے کے سامنے جا کھڑا ہوا۔ اب اس نے جسم کو اکڑا کر سیدھا کیا جیسے خود اپنے کو سیلوٹ دے رہا ہو لیکن ڈھاک کے وہی تین پات۔ اس کی دانست میں قد چھوٹے کا چھوٹا ہی رہا۔

اس نے دل میں کہا: میری عقل کا فتور ہے یا نظر کا، ہوں میں اتنا ہی لمبا جتنا رات سویا تھا۔ بھلا قد رات بھر میں کیسے چھوٹا ہو سکتا ہے! تردّد دور کرنے کے لیے اس کے ذہن میں ایک ہی ترکیب آئی۔ جسم کو بھی ناپا جائے اور آئینے میں اس کے عکس کو بھی۔ چنانچہ اس نے خود کو ہاتھ کے پیمانے سے ناپا اوپر سے نیچے تک یعنی انگلیوں کو پھیلا کر چھوٹی انگلی کی نوک سے لے کر انگوٹھے کی نوک تک جو بڑا مشکل کام نکلا کیوں کہ نیچے کے دھڑ کو ناپنے کے لیے اوپر کے دھڑ کو جھکانا پڑتا تھا۔ اس میں اتنا کام تو آسان تھا جتنا رکوع میں جانے تک کرنا پڑتا ہے لیکن اس کے آگے سخت دشوار۔ ٹخنوں تک پہنچتے پہنچتے اس کا جسم دہرا ہو گیا اور پیٹ کے دبنے سے سانس پھول گیا۔ گھبراہٹ میں اس کا جسم اسپرنگ لگے پرزے کی طرح خود بخود کھل گیا۔

کچھ دیر سیدھا کھڑے رہ کر اس نے سانس درست کیا اور اب آئینے سے اپنا جسم ہٹا کر اپنے عکس کو ناپنا شروع کیا۔ اس میں پھر وہی مشکل اٹھ کھڑی کہ اوپر کا دھڑ تو ناپ میں آ گیا لیکن رکوع کی حالت میں پہنچنے پر جسم آئینے سے دور ہو گیا اور آنکھیں بجائے عکس پر ٹکنے کے پیروں کو دیکھنے لگیں۔ جھنجھلاہٹ میں اس کی سمجھ ہی میں نہیں آ رہا تھا کہ کولہوں سے لے کر پیر کے تلوؤں تک کیسے ناپا جائے۔ اور جب گھبرا کر سانس درست کرنے کو وہ سیدھا کھڑا ہوا تو یہ بھی بھول گیا کہ اس کا اوپر کا گوشت اور پوست کا جسم کتنے بالشت تھا اور آئینے کے عکس والے کا کتنا۔

یہ عمل اس نے دو تین بار کیا اور ہر بار سیدھے کھڑے ہو کر وہ اپنے عکس کو دیکھتا تو اُسے اپنا قد اور زیادہ چھوٹا نظر آتا۔ وہ روہانسو ہو گیا۔ اگر آج ملکہ محترمہ یعنی امّاں جان زندہ ہوتیں تو انہیں بتاتا کس مشکل میں پھنس گیا ہوں مگر بدقسمتی سے وہ پچھلے ایک سال میں ماں باپ دونوں سے ہاتھ دھو بیٹھا تھا اور ناچار تین مہینے ہی ہوئے اسے تخت نشین ہونا پڑتا تھا۔ بھلا یہ بھی کوئی عمر ہوتی ہے انتظام سلطنت سنبھالنے کی! اور حقیقت یہ ہے کہ وہ منہ لگے درباریوں سے کہا کرتا تھا، تب سے وہ ماں باپ کے صدمے کو بھلا رہا تھا۔

باہر سے خادمہ جب بھی دروازے پر ہولے سے دستک دے کر کہتی ''بادشاہ سلامت ناشتہ ٹھنڈا ہو رہا ہے'' یا ''بادشاہ سلامت ناشتہ آپ کا انتظار کر رہا ہے'' تو اس کی گھبراہٹ اور بڑھ جاتی، جسم کانپنے لگتا اور اُسے لگتا دل دھڑک دھڑک کر سینے سے باہر نکل پڑے گا لیکن ہر بار وہ مصنوعی طور سے آواز کو کڑک کر کے یہی کہتا: ''ہم تیار ہو رہے ہیں''۔

باہر خادماؤں، خادموں میں چہ میگوئیاں ہونے لگیں آخر معاملہ کیا ہے؟ آج سے پہلے تو ایسا کبھی نہیں ہوا کہ بادشاہ سلامت نے ناشتے کے لیے آنے میں اتنی دیر لگائی ہو۔ اتنی دیر تو جب بھی نہیں لگاتے تھے جب خلد آشیاں ان کے والد حیات تھے اور یہ شہزادے تھے۔

اُدھر درباری آ کر محل کے خدمت گاروں سے پوچھ پوچھ جا رہے تھے حضور کب تک دربار میں تشریف لائیں گے؟ کتنے فریادی ان کی راہ دیکھ رہے ہیں، وزیر انتظار کر رہے ہیں کہ بادشاہ سلامت تشریف لائیں تو فیصلہ ہو آج دوپہر کو ان کا کیا پروگرام ہے؟ شام کو سیر و شکار کے لیے کس طرف جائیں گے؟ رات کو ناچ گانے کی محفل جمائی جائے یا نہیں؟

مگر درباریوں کا کہنا کہ کتنے فریادی اُن کی راہ دیکھ رہے ہیں غلط تھا۔ درست یہ تھا کہ انہوں نے فریاد لے کر آنا ترک کر دیا تھا۔

اُدھر ناپنے کے کام سے بیزار ہو کر بادشاہ سلامت خواب گاہ میں اپنے چھپر کھٹ پر بیٹھے پسینہ پسینہ ہو رہے تھے۔ اتنی دیر میں وہ کئی دفعہ اس نتیجہ پر پہنچے تھے صبح آنکھ کھلنے پر قد رات سونے سے پہلے کے قد سے دو انگل کم نکلا ہو گا، گھنٹے بھر میں چار انگل چھوٹا ہوا، پھر چھے انگل اور اب تک تو ایک بالشت سے زیادہ کم ہو گیا ہو گا۔ اگر قد اسی رفتار سے گھٹتا رہا تو میرا انجام کیا ہو گا! ایسا نہ ہو جب دربار میں تخت پر بیٹھوں تو سب ہنسنے لگیں بادشاہ سلامت کو رات بھر میں کیا ہو گیا، ٹھٹھر کر رہ گیا ہے۔ وہ بار بار خود کو یقین دلاتا: میرا قد چھوٹا نہیں ہوا ہے۔ آئینے کو رات جب میں سو رہا تھا کسی نے بدل دیا ہے۔ آخر کو ہاتھ میں پکڑنے والے ایسے آئینے نہیں ہوتے ہیں جن میں ایک طرف سے دیکھو تو صورت بڑی نظر آتی ہے اور دوسری طرف سے دیکھو تو چھوٹی۔

بچپن میں ایسا آئینہ اس نے اُس نائی کے پاس دیکھا تھا جو محل میں ان کی حجامت بنانے کے لیے آتا تھا اور شروع میں جب بال کٹواتے ہوئے وہ چیخ و

پکار کرتا تو وہ اس کے ہاتھ میں آئینہ دے کر کھیل میں لگا دیتا اور چپ چاپ اپنا کام کرنے لگتا۔ ساتھ میں گاتا جاتا یہ دیکھو شہزادہ بڑا ہو گیا، یہ دیکھو شہزادہ چھوٹا ہو گیا۔ مگر پہلی دفعہ شہزادہ اُس آئینے میں اپنی شکل کو گھٹتے بڑھتے دیکھ کر بھی اس بری طرح ڈرا تھا کہ کھلائی کی گود میں چڑھ گیا تھا۔ بچپن کے اُس آئینے کو یاد کر کے اُس نے خود کو سمجھایا۔ یقیناً یہ وہ آئینہ نہیں ہے جو ہمیشہ سے یہاں لگا تھا میں اتنے کا اتنا ہوں۔

پھر اُسے خیال آیا مگر وہ آئینہ جو بچپن میں مجھے نائی کھیلنے کو دیتا تھا وہ تو بہت چھوٹا تھا، اتنا چھوٹا کہ ملکہ عالیہ، امّاں جان کے ہاتھ کے بٹوے میں آ سکتا تھا۔ وہ اتنا بڑا کیسے ہو گیا!

اور اگلے لمحے اُسے خیال آیا واہ، وہ کوئی ایک آئینہ تھا دنیا بھر میں۔ اس سے بڑے بھی بنتے ہوں گے بلکہ یہاں اس شہر میں بھی ہوں گے۔

آخر جب اس سے کچھ نہیں بن پڑا اور خادمہ سجانی نے دروازے پر دستک دے کر کہا ''بادشاہ سلامت آپ کب باہر تشریف لائیں گے؟'' تو اس نے اندر سے کہا ''سجانی مجھے پیمانہ چاہیے''۔

سجانی نے گھبرا کر کہا ''اللہ خیر کرے آپ کو پیمانے کی کیا ضرورت پڑ گئی؟''

بادشاہ نے خفگی سے کہا ''فالتو سوال مت کرو میں جو کہہ رہا ہوں وہ کرو''

سجانی نے پوچھا ''عالم پناہ کیسا پیمانہ؟ وہ جو اسکول میں جانے والے لڑکے لڑکیاں استعمال کرتے ہیں یا وہ جس سے دوا کی خوراک ناپی جاتی ہے یا وہ جو کپڑا ناپنے کا ہوتا ہے جس سے درزی ناپ لیتا ہے؟ وہ فیتہ'' ساتھ ہی اُس نے کہا آپ کو تیز بخار تو نہیں ہے جو دماغ کو چڑھ گیا ہے؟

بادشاہ نے جلبلا کر کہا ''درزی والا فیتہ حاضر کرو''

تھوڑی دیر بعد دروازے پر کھٹ کھٹ ہوئی تو بادشاہ نے اُسے بس اتنا کھولا کہ خادمہ کا ہاتھ اندر آ سکے۔ اس کے ہاتھ سے فیتہ لے کر بادشاہ نے دروازہ بند کیا اور خوش خوش آئینے کے سامنے آن کھڑا ہوا اور اپنے عکس سے بولا ''اب دیکھتا ہوں تجھ میں اور مجھ میں کتنا فرق ہے۔

پہلی دفعہ ناپنے پر جب دونوں قد برابر نکلے تو اُسے اطمینان نہیں ہوا کیوں کہ عکس کو ناپنے میں سر اور ہاتھوں کو ہلانا جلانا پڑتا تھا اور اس کے ساتھ عکس بھی چھوٹا بڑا ہو جاتا۔ اب اس کے دماغ نے یہ اختراع کی کہ وہ چوک جس سے اس نے اپنے درزی کو کپڑے پر نشان لگاتے دیکھا تھا اس سے عکس کے سر کی چوٹی پر نشان لگانا چاہیے، پھر فیتے سے وہاں تک جہاں ایڑی کا عکس ہو، قالین پر فیتے کو لٹکا کر ناپا جائے۔

دروازے پر جا کر بادشاہ سلامت نے چاندی کے گلدان کے پیندے سے کھٹکا کیا۔ خدمت گار تو سب کیا لڑکے کیا لڑکیاں دروازے کے باہر ہی کھڑے تھے انہوں نے گھبرا کر ایک ساتھ کہا ''کیا حکم ہے عالم پناہ؟'' بادشاہ نے کہا ''مجھے وہ نیلا تکونا چوک چاہیے جس سے ہمارا درزی کچے سلے ہوئے کپڑے پر نشان لگاتا ہے''

سب نے بھونچکا ہو کر ایک ساتھ کہا ''اس کا کیا کریں گے حضور؟ آپ کو بخار تو نہیں ہے؟'' ساتھ ہی وزیر اعظم نے جو پریشان ہو کر آج بادشاہ کو کیا ہو گیا جو خواب گاہ سے تو نکل نہیں رہے ہیں اور وہیں بیٹھے الٹی سیدھی چیزیں طلب کر رہے ہیں کہا ''وہ کیوں؟ کس لئے عالیجاہ؟''

بادشاہ نے کڑک کر کہا ''تم سے مطلب؟ جو طلب کیا ہے وہ حاضر کرو''۔

تھوڑی دیر میں وہ نیلا تکونا چوک بھی آ گیا اور بجائے آئینے کے عکس کے مارے جلدی کے بادشاہ اس سے اپنے سر پر لائن کھینچ گیا پھر خجل ہو کر عکس سے آنکھیں چرانے لگا جیسے وہ اس کا منہ چڑا رہا ہو۔

مسہری کے سرہانے رکھے ہوئے جگ سے انڈیل کر اس نے ایک گلاس پانی پیا اور جب اوسان کچھ درست ہوئے تو فیتے سے خود کو ناپنے چلا جو کام اس کی دانست میں بس اتنا تھا کہ فیتے کے ایک سرے کو ماتھے سے ٹکا کر باقی کو قالین تک گرا دیا جائے۔ نتیجہ یہ نکلا کہ فیتہ گرا تو لیکن یہ جاننا دشوار ہو گیا کہ قالین کو چھوتے ہوئے کہاں تک کھلا تھا یعنی اس کے قد سے کہیں لمبا تھا۔ خیر اس تذبذب کو نظر انداز کرتے ہوئے اس نے شیشے پر نشان لگا کر سر سے پیر تک عکس کو ناپا۔ دونوں تقریباً برابر نکلے بجائے مطمئن کرنے کے پریشانی میں اضافہ کر گئے۔ وہ بڑبڑایا ''آئینہ جھوٹ بول رہا ہے''۔

اب وہ فرش پر فیتے کے ایک سرے کو ٹکا کر باقی کو سیدھا کھڑا ہوتے ہوئے ماتھے تک لے گیا اور جتنی پیمائش نکلی اسے کاغذ پر نوٹ کر لیا۔ اسی وقت خواب گاہ کے دیوار کے گھنٹے نے بارہ بجائے اور اُس آواز کے ساتھ ہی اس کے پیٹ میں چوہے قلا بازیاں کھانے لگے۔ دروازے کے باہر وزیروں، کنیزوں اور خدمت گاروں کی بھیڑ لگی تھی اور اُن کے بولنے کی دبی دبی آوازیں سنائی دے رہی تھیں۔ قد کے چھوٹے ہوتے چلے جانے کا کھٹکا اپنی جگہ سہی لیکن نیا اندیشہ یہ پیدا ہوا کہ وہ لوگ ہمدردی میں دروازہ توڑ کر اندر نہ آ جائیں۔ آخر کار اپنا شاہی لباس زیب تن کر کے اُسے باہر آنا پڑا۔

سب دو رویہ کھڑے ہو گئے اور بادشاہ اُن کے بیچ میں سے ہو کر کھانے کے کمرے کی طرف چل پڑا لیکن کنکھیوں سے دونوں طرف دیکھتا جا رہا تھا۔ اسے لگ رہا تھا سب ہنسی ضبط کر رہے ہیں اور اس کے قد کو جانچ رہے ہیں۔ حالانکہ سب کی نظریں روبرو تھیں اور اس طرح وہ اُسے کیسے دیکھ سکتے تھے کہ جانچیں کل قد کتنا تھا اور آج کتنا ہے مگر ہر قدم پر اس کا خوف بڑھتا جا رہا تھا اور ڈر رہا تھا کہ چلتے چلتے کہیں اس دم وہ بس اتنا نہ رہ جائے جتنا چھ سات سال کا بچہ ہوتا ہے۔

(جو تم ہو، اسے خلد آشیاں مرحوم بادشاہ کی آواز سنائی دی اور وہ سہم کر رہ گیا)

اچانک بغیر ارادے کے اس کی ایڑیاں لبادے کے اندر جو ٹخنوں تک پہنچتا تھا، اوپر اٹھ گئیں اور اب وہ پنجوں کے بل چل رہا تھا۔ خدا خدا کر کے جب وہ کھانے کی میز تک پہنچا تو کرسی پر ہمیشہ کی طرح بجائے سکون سے بیٹھ جانے کے دھب سے بیٹھ گیا جیسے کپڑوں کی گٹھری کسی نے پٹک دی ہو۔

آج اس نے ناشتہ کرنے میں جتنا ممکن تھا دیر لگائی۔ ایک ایک نوالے کو جو تھا تو اتنا ملائم کہ بے دانتوں کا کوئی بوڑھا بھی چبا سکتا تھا لیکن اُسے وہ اس طرح چبا رہا تھا جیسے کنکروں کو دانتوں سے پیس رہا ہو۔ مؤدب خدمت گار اسے تعجب سے دیکھ رہے تھے اور دل میں کہہ رہے تھے ''یا اللہ یہ ماجرہ کیا ہے؟'' چاہتا تو دس آدمیوں کا کھانا پل بھر میں کھا جاتا اور آج نہ اس کے دانت چل رہے ہیں نہ منہ۔

جب جب بادشاہ کی نظریں اُن میں سے کسی طرف اٹھیں اور اُسے اپنی طرف تعجب سے دیکھتے پایا تو وہ خود اپنے اندیشے پر ایمان لے آیا کہ مجھ میں کچھ تو ہے جو یہ اس طرح مجھے دیکھ رہا ہے۔ گھبراہٹ میں اس نے نظریں ایک ایک کر کے باقی سب پر ڈالیں۔ سب جو تھوڑے جھکے تھوڑی گردن اس کی طرف گھمائے اُسے دلچسپی سے دیکھ رہے تھے کھٹاک سے اس طرح سیدھے کھڑے ہوتے گئے جیسے اسپرنگ لگے ہوئے ہوں۔ سب کے چہروں سے مسکراہٹ رخصت ہوگئی۔

پلیٹوں میں جب کھانے کو کچھ نہ رہا تو بادشاہ اٹھ کھڑا ہوا اور ''آج دربار نہیں ہوگا'' کہہ کر پنجوں کے بل اُچک اُچک کر چلتا ہوا اپنی خواب گاہ میں چلا گیا۔

اُس دن اس نے بس اس خادم کو جو اس کے جوتوں کی دیکھ بھال کا کام کرتا تھا خواب گاہ کے اندر آنے دیا اور اس سے ایک ایک کر کے اپنے ایک سو اکہتر (۱۷۱) جوڑی جوتے حاضر کرنے کو کہا۔ وہ ایک جوڑا لا کر حاضر کرتا، بادشاہ اُسے پہن کر جا کر آئینے کے سامنے کھڑا ہوتا اور فیتے کو اپنے سر کے گنبد پر سے اس نشان تک لے جاتا جو صبح سے اس پر لگا تھا یعنی فرش کے متوازی اور ہر بار خادم سے پوچھتا ''ٹھیک ہے؟ سیدھا ہے؟'' تو وہ کہتا ''حضور ٹھیک ہے'' اور دبی زبان میں پوچھتا ''مگر کیا؟''

بادشاہ غصے سے کہتا ''نہیں ٹھیک نہیں ہے'' دوسرا جوڑا لاؤ اور وہ دوسرا جوڑا حاضر کرتا۔ اسی ادھیڑ بن میں دوپہر کے کھانے کا وقت نکل گیا۔

جب بادشاہ سارے جوتوں کو ٹھکرا چکا تو اس نے خادم سے کہا ''بازار جاؤ اور موٹے سے موٹے تلووں کے جوتے لے کر آؤ''۔

تھوڑی سی دیر میں خواب گاہ کے باہر جوتوں کے ڈبوں کا ڈھیر لگ گیا۔ خادم ایک ایک کر کے بادشاہ کو جوتے پہنا رہا تھا۔ وہ پہنتا اُچک اُچک کر آئینے میں اپنے قد کا جائزہ لیتا اور فوراً ہی اتار کر دروازہ تھوڑا سا کھول کر باہر پھینک دیتا۔ وہاں رَد کیے ہوئے جوتوں اور ڈبوں کی پہاڑیاں سی بن گئیں۔

اپنے جوتوں کی طرف سے مایوس ہو کر بادشاہ نے رازداری میں اپنے اس خاص نوکر سے کہا ''شاہی موچیوں سے کہو جس جانور کی کھال سب سے موٹی ہوتی ہے اس کے تلے کے جوتے رات بھر بنا کر صبح حاضر کریں اور ایڑیاں اُسی کھال کی دُگنی موٹی ہوں''۔

شاہی جوتے ساز سب کے سب رات بھر پہنے بنائے جوتوں کے تلے اکھیڑتے اور ان کی جگہ نئے تلے لگاتے رہے۔ کسی نے بھینس کی کھال چنی کسی نے مگرمچھ کی کسی نے گینڈے کی۔ اس کے بعد کتنے ہی دن جوتوں کے بننے اور اُن کے رد کیے جانے کا سلسلہ جاری رہا۔ ان دنوں میں بادشاہ کا خاصہ تینوں وقت خواب گاہ میں حاضر کیا جاتا۔ وہاں وہ دن کا بڑا وقت خود کو آئینے میں جانچنے میں گزارتا، کبھی تھک کر لیٹ جاتا اور نیند کی جھپکی لے لیتا۔

پھر ایک دن وہ آیا جب بادشاہ نے طبیب خاص کو طلب کیا اور قسم دے کر کہا ''جو تمہیں بتایا جا رہا ہے وہ خواب گاہ سے باہر نہ پہنچے۔ تم نے مرحوم بادشاہ، ان کے باپ بادشاہ، اُن کے باپ بادشاہ کا علاج کیا ہے اور ہم جانتے ہیں کہ اگر تم جی جان سے علاج کرو یعنی پوری عقل اور پورے تجربے کو کام میں لاؤ تو مردے میں جان ڈال سکتے ہو۔ ہم درست فرما رہے ہیں؟''

طبیب نے کہا ''جی سرکار۔ فرمایئے کس مردے میں جان ڈالنی ہے؟ میں پہلے اس مردے کو دیکھنا چاہتا ہوں''

بادشاہ نے کہا ''کودن مت بنو۔ تم شاہی زبان نہیں سمجھتے ہو؟ تمہیں میرے قد میں جان ڈالنی ہے۔

طبیب کو جھٹکا لگا۔ بولا ''مگر سرکار کا بدن تو سلامت ہے''

بادشاہ نے کہا ''پھر وہی کودن پنے کی بات۔ ہم تو سمجھتے تھے تم ایک نظر میں پہچان گئے ہو گے کہ آج ہمارا قد اتنا نہیں ہے جتنا کل تھا۔ اور کل اتنا نہیں تھا جتنا پرسوں۔

طبیب کا چہرہ تعجب سے پچک کر ایسا ہو گیا جیسے چٹنی کے لئے سکھا کر رکھی ہوئی اُمبیا۔ اس سے کچھ کہتے بن نہیں پڑا۔ بادشاہ نے کہا ''ایسا نسخہ تیار کر کے لاؤ کہ نمبر ایک ہمارے قد کے چھوٹا ہوتے جانے کا عمل رک جائے''۔

طبیب نے ادب سے کہا ''دوسرے؟''

تمام درباریوں سے ہم قامت میں بلند ہو جائیں۔ ہمارا خیال ہے پہلے تین دن میں ہمارا یہ حال ہوا کہ پہلی رات ہم سوئے اتنا قامت لئے جتنا چھوڑ کر نو مہینے ہوئے ملکہ معظمہ ہماری امّاں جان رخصت ہوئی تھیں اور گیارہ مہینے ہوئے ملک معظم ابا جان مرحوم۔۔۔صبح سو کر اٹھے تو قد کئی انگل کم ہو چکا تھا''

طبیب حیرت سے اپنے مریض کو دیکھ رہا تھا۔

''دوسری رات میں ایک بالشت کم ہوا''

اس کے بعد؟

''دو بالشت''

طبیب کہنے کو ہوا ''آپ کو کیسے پتہ چلا؟ لیکن بادشاہ نے اس کی مشکل یہ کہہ کر آسان کر دی کہ ہم خود کو آئینے میں ناپتے ہیں۔''

''اور نتیجہ کیا نکلتا ہے؟'' اس نے ڈرتے ڈرتے کہا۔

''عکس ہمیں چھوٹا دکھاتا ہے''

''وہ کیسے؟''

''کسی نے ہمارا آئینہ بدل دیا ہے اور اس کی جگہ ایسا لگا دیا ہے جو ایک طرف سے دیکھو تو چہرے کو بڑا کر کے دکھاتا ہے اور دوسری طرف سے چھوٹا''

''تو حضور آئینہ بدلوا لیتے''

بادشاہ نے کہا'' آئینہ روز بدلنے کے لیے نکالا جاتا ہے اور پھر وہی لگا دیا جاتا ہے۔ اس میں ہمیں سازش کارفرما نظر آتی ہے''

طبیب نے کہا'' حضور میں سمجھ گیا مرض کیا ہے۔ میں اس کا علاج کرتا ہوں''

اگلے دن طبیب کے مشورے سے ہر قسم کے معالج محل میں جمع کیے گئے۔ اُن میں کوئی چھینکنے کے مرض کا ماہر تھا، کوئی ڈکاروں کا، کوئی اگر اچھے خواب زیادہ آتے ہوں یعنی رات غم کی ہے اور خواب ہنسی مذاق کے آ رہے ہیں اس کا معالج خاص تھا، کوئی خوشی کے موقع پر جو غم اور ماتم کے خواب دیکھنے کا شکار ہو اُس کے مرض کا، کوئی کھانسنے کا، کوئی کھنکارنے کا، کوئی ایسی آنکھوں کا جو سیاہ اور سفید چیزوں کو رنگین دیکھتی ہوں، کوئی ان کا جو رنگین چیزوں کو سفید اور سیاہ بنا دیتی ہوں۔ غرض کہ پوری فوج تھی۔

شاہی طبیب نے ایک ایک کر کے سب کو اندر بھیجا اور بادشاہ نے ہر ایک سے ایک ہی سوال کیا۔

''رائی کا پربت بنا سکتے ہو؟'' وہ کہتا ''نہیں'' اور بادشاہ کہتا ''نکل جاؤ''

سب رد کر دیئے گئے اور ملک پر ادبار کی گھٹا چھا گئی۔ نظم و نسق کچھ نہ بچا۔ دن میں دہشت گردوں کا راج ہوتا رات کو ڈاکوؤں کا۔ عورتوں مردوں نے گھر سے نکلنا بند کر دیا۔ بچوں کو لوگ مدرسے نہ جانے دیتے۔ بازار بند ہو گئے اور کھیتوں میں دھول اڑنے لگی۔ اُدھر بادشاہ تھا کہ اس کا خاصہ اسی طرح خواب گاہ میں جاتا رہا۔ وہ اُسے کھاتا تھوڑی دیر دن میں آرام کرتا، گھڑی بھر رات کو، باقی وقت آئینے کے سامنے کبھی پنجے اٹھا کر کھڑا ہوتا، کبھی ایڑیاں اور نتیجہ خاطر خواہ نہ پا کر آئینہ توڑ دیتا۔ اس کے بعد دروازے پر کھٹکا کرتا۔ خادم پوچھتا ''حکم حضور؟'' بادشاہ کہتا'' سچا آئینہ لاؤ''

شیشہ گروں کی بن آئی، وہ ٹوٹے ہوئے آئینے خچروں پر لاد کر لے جاتے اور انہیں پر لاد کر نئے آئینے لاتے۔

جب بہت دن ہو گئے اور سوائے خاصے کے ملازمین کے کسی نے بادشاہ کی شکل ایک بار بھی نہیں دیکھی تو پڑوس کے ملک کی شہزادی کو جس سے شادی کی بات دونوں کے بچپن میں چلی تھی خیال آیا میں تو انتظار ہی انتظار میں کہ کب بادشاہ کے قد کا چھوٹا ہوتے جانا تھے وہ مجھ سے عقد کرے اور میں اس کے برابر کے تخت پر بیٹھوں بوڑھی ہو جاؤں گی کچھ مجھی کو کرنا چاہیے۔ لیکن کیا؟

اس کی ماں ملکہ شب تاب نے کہا'' سیم تن ہوش کے ناخن لے، کس سے شادی کرنے جا رہی ہے ذرا سوچ تو سہی''

اس نے کہا'' ملکہ محترمہ امّی جان کیوں کیا ہوا؟ میرا دیکھا ہوا ہے۔ دیکھ کر ہی آپ نے اس رشتے کی بات چلائی تھی اور دیکھ کر ہی میں نے عندیہ ظاہر کیا تھا۔ کیا وہ اتنے سالوں میں بدل گیا؟''

ملکہ نے کہا'' اور نہیں تو کیا۔ اب تم دیکھو گی تو پہچانو گی نہیں۔ جن جن کو اس کی خواب گاہ میں داخل ہونے کی اجازت ہے اُن سے بات اڑتے اڑتے ہم تک پہنچی ہے۔ اس کے گز گز بھر لمبے بال ہیں، پیروں کو چھوتی ہوئی داڑھی ہے۔ ناخن ایسے ہیں کہ چاہے تو ان سے کیاریاں کھود دے اور پاس جاؤ تو اپنے نتھنے بند کر لو''

شہزادی سیم تن گم متھولا بیٹھی رہی۔ آنسو اس کی آنکھوں میں منڈلا رہے تھے لیکن اس کی خودداری نے گوارا نہ کیا کہ وہ انہیں اپنی ماں اور محلسرا کی خادماؤں کے سامنے بہائے۔ آخر اس نے ایک گہری سانس لے کر کہا'' ملکہ معظمہ پھر تو میرا اُن سے شادی کرنا اور بھی ضروری ہو گیا ہے۔ وہ بچپن میں میرے ساتھ کھیلے ہیں۔ تب تندرست، کھلنڈرے اور ہنس مکھ تھے۔ اب جب غم نے انہیں گھیر لیا ہے تو اُن سے کنارہ کر جاؤں!

ملکہ شب تاب نے کہا'' تو کیا کرو گی؟''

سیم تن نے کہا'' جو کروں گی آپ بھی دیکھ لیں گی''

اگلے دن اس نے اعلان نامہ جاری کیا۔ شہزادی سیم تن کا ارادہ شادی کرنے کا ہے اور ان سے شادی کے خواہش مند کنوارے بادشاہوں، شہزادوں کو تاریخ مقررہ پر محل شاہی کے مقابلے کے میدان میں تشریف لانے کی دعوت دی جاتی ہے۔

جیسا کہ سب کے علم میں ہے شہزادی کے والد محترم شاہ عالی مقام کا انتقال ہو چکا ہے، سلطنت کی باگ دوڑ اُن کی والدہ محترمہ ملکہ شب تاب کے ہاتھ میں ہے جس سے وہ شہزادی کی شادی کے بعد دست بردار ہونا چاہتی ہیں۔ سلطنت شہزادی کے جہیز میں دی جائے گی اس کے بعد وہ خود یاد اللہ میں مصروف ہو جانے کا ارادہ رکھتی ہیں۔

اعلان کا اتنا حصہ ہی پڑھ کر جن جن کو دعوت نامہ ملا ان کی تو رال ٹپک پڑی کہ اتنی خوبصورت بیوی بھی ملے گی اور وہ ملک بھی جو اتنا زرخیز ہے کہ وہاں کے کسانوں میں سے ایک بھی ایسا نہیں ہے جو آسودہ حال نہ ہو، نہ کوئی گیہوں سے کم فصل اُگاتا ہے نہ گیہوں کے سوا کسی اور اناج کی روٹی کھاتا ہے اور وہ بھی روکھی نہیں گھی چپڑی۔

مگر اعلان کا باقی حصہ پڑھ کر سب کے منہ لٹک گئے۔ شادی کی شرائط میں نمبر ایک یہ تھی کہ امیدوار کی پہلے سے بیوی نہ ہو، نہ وہ رنڈوا ہو، نمبر دو وہ

لکھ کر دے گا کہ اگر وہ دوسری شادی کرے گا تو اسے ملکہ سیم تن اور اس کے جہیز کی سلطنت سے دست بردار ہو کر باقی زندگی جنگل میں تن تنہا گزارنی ہوگی۔ نمبر تین تمام امیدواروں میں سے شہزادی شادی اس کنوارے بادشاہ یا شہزادے سے کرے گی جو قد میں باقی سب سے چھوٹا ہوگا۔ عمر میں شہزادی سے بڑا لیکن قد میں اتنا جتنا چھے یا زیادہ سے زیادہ سات سال کا لڑکا ہوتا ہے۔

جو شہزادے اپنے دراز قد ہونے پر ناز کرتے تھے آخری شرط پڑھ کر دل پکڑ کر رہ گئے بلکہ یہ کہنا چاہیے ایسے ٹھٹھر گئے جیسے ہاتھ لگانے سے چھوئی موئی کے پتے۔ انہوں نے فیصلہ کر لیا تقریب میں جانا فضول ہے۔

ایک صبح جب بادشاہ سلامت سو کر اٹھے اور چھپر کھٹ سے اتر کر انگڑائی لے رہے تھے کہ ان کی نظر برابر میں رکھی ہوئی میز پر پڑی جس پر پنج رنگ بورڈر کا خوبصورت دعوت نامہ کھلا رکھا تھا جس میں جلی حروف میں پیشانی پر لکھا تھا ''شہزادی سیم تن کی شادی''۔

انہیں جھٹکا سا لگا اور انگڑائی ادھوری رہ گئی۔ کون ان کی غفلت میں خلل انداز ہوا تھا اور کیسے وہ بغیر اجازت خواب میں آیا۔ اس نامۂ اعلان میں کچھ نہ کچھ اُن کے قد کے متعلق لکھا ہوگا۔ دل نے کہا ''یعنی یہ بات پھیل گئی ہے کہ بادشاہ کا قد چھوٹا ہوتا جا رہا ہے اور اس سے قبل کہ وہ اتنا مختصر ہو جائے کہ بغیر محدب شیشے کے نظر نہ آئے ہمیں نیا بادشاہ ڈھونڈ لینا چاہیے''

اس وقت بے چارے کو شدت سے احساس ہوا میرا باپ، میری ماں دونوں خلد آشیانی ہو چکے ہیں، نہ کوئی چچا ہے نہ ماموں جس سے اس کٹھن گھڑی میں مشورہ لے سکوں۔ بے اختیار بے چارے کے آنسو پھوٹ بہے۔ انہیں پونچھتے ہوئے اس نے کپکپاتے ہاتھوں سے اعلان نامہ اٹھایا۔ کچھ دیر کاغذ پر لفظ ناچتے رہے۔ پھر جب اُن کا ہلنا تھما تو اس نے پڑھنا شروع کیا۔

اسے شہزادی سیم تن پر سخت غصہ آیا کہ میرے ساتھ کی کھیلی ہے اور گو بات کبھی پکی نہیں ہوئی تھی لیکن سب ہی جانتے تھے ایک دن اس کی شادی مجھ سے ہوگی اور آگے چل کر دونوں سلطنتیں ایک ہو جائیں گی کیونکہ شہزادی کا کوئی بھائی نہیں ہے مگر آہستہ آہستہ غصہ تعجب اور تعجب خوشی میں تبدیل ہوتا گیا۔

اعلان کا پڑھنا ختم کر کے بے اختیار اس کے منہ سے نکلا لاکھ شہزادے آئیں لیکن یہ بازی میرے ہی ہاتھ رہے گی۔ میری پہلے سے بیوی نہیں ہے، شہزادی مجھ سے عمر میں چھوٹی ہے میرا ابھی دوسری شادی کرنے کا ارادہ نہیں ہوگا اس لیے راج پاٹ چھوڑ کر جنگل میں باقی عمر گزارنے کا سوال ہی پیدا نہیں ہوتا۔ رہی آخری شرط تو اس پر تو کوئی پورا اتر ہی نہیں سکتا ہے۔ تاریخ مقررہ کو پہنچتے پہنچتے میرا قد اگر مزید چھوٹا نہیں بھی ہوا تو اب کونسا میں طویل قامت ہوں! ایک دم اُسے لگا اتنے مہینوں بعد آج اس شکنجے سے مجھے خلاصی ملی ہے جس نے سر کو جکڑ رکھا تھا۔

خوشی کے عالم میں خود بخود اس کے منہ سے ایک ایسی دھن نکلنے لگی جو اس نے بارہا ناچ دیکھتے ہوئے سُنی تھی۔ چھپر کھٹ کے برابر رکھی ہوئی میز پر سے اس نے چیزیں اٹھا کر ایک طرف رکھیں اور اُسے طبلے کی طرح بجانے لگا۔

یہ آوازیں باہر بھی پہنچ رہی تھیں۔ خاصے کے ملازمین نے دروازے کو روزن جتنا کھول کر اندر جھانک کر دیکھا اور حیران رہ گئے کہ بادشاہ سلامت ناچ رہے ہیں۔ یہ بات دم بھر میں پورے محل میں پھیل گئی اور جب انہوں نے ناچتے گاتے باہر نکلنا چاہا تو جو خادم اور خادمائیں دروازے سے کان لگائے کھڑے تھے وہ دور جا کر گرے۔

بادشاہ سلامت نے کھانا طلب کیا اور اعلان نامہ وزیر کے ہاتھ میں دے کر گویا ہوئے۔

''یہ تاریخ کب ہے؟''

اس نے کہا ''شاہِ عالم کل''

بادشاہ نے کہا '' مجھے نئی پوشاک چاہیے۔ موٹے تلے اور اونچی ایڑیوں کے جوتے سب پھینکوا دو اور مجھے باریک سے باری تلے کے جوتے چاہیے ہوں گے ایسے جن کی ایڑی ہی نہ ہو''۔

اُس کے اگلے حکم کی تعمیل میں شاہی حجام حاضر ہوئے۔ کوئی سر کے بال درست کرنے میں لگ گیا کسی نے داڑھی سنبھالی، باقی نے ہاتھوں پیروں کے ناخن۔ محل سے حزن والم کی فضا ایسے چھٹ گئی جیسے سخت سردی میں سورج کے سامنے سے بادل ہٹ جائیں۔

اگلے دن وہ رسم تھی۔ ملکہ شب تاب کے محل کے سامنے وہ میدان تھا جس میں ہمیشہ سے قسمہا قسم کے مقابلے اور کھیل تماشے ہوتے آئے تھے۔ ہاتھی گھوڑوں کے کرتب، تیر اندازی، تلوار زنی اور ناچ گانے۔ بادشاہ سلامت نے طے کر لیا تھا کہ وہ وقت مقررہ پر تو پہنچیں گے لیکن اتنی تاخیر سے کہ اب سب مقابل آ چکے ہوں۔ لیکن جب وہ نقاب لگائے وہاں پہنچا تو ہر طرف سے نعروں کے ساتھ لوگوں کے ہنسنے کی آوازیں آنے لگیں۔ ارے یہ بونوں کے میلے میں اوج بن عوق کہاں سے آ گیا۔ کوئی اس پر لمبو کی پھبتی کس رہا تھا کوئی تاڑ کے درخت کی۔

تمام امیدواروں کے درمیان سے ہوتا ہوا جب وہ شہزادی سیم تن کے پاس پہنچا تو اپنا قد چھوٹا کرنے کے لیے گھٹنوں کو تھوڑا موڑ کر اور چھاتی کو جھکا کر کھڑا ہوا۔

شہزادی نے کہا ''بادشاہ سلامت تشریف آوری کا شکریہ''

بادشاہ نے کہا '' معاف کیجیے گا مجھے اگر معلوم ہوتا یہاں سب مجھ سے چھوٹے قد والے ہوں گے تو میں نہیں آتا مگر آب تو لگ رہا ہے آپ میرا ہاتھ ٹھکرا دیں گی کیونکہ میرا شمار تو پستہ قد لوگوں میں ہو ہی نہیں سکتا ہے۔ میں تو آپ سے بھی ایک بالشت اونچا ہوں۔

شہزادی کا چہرہ اس کنول کی طرح کِھل اٹھا جو پانی میں نہا کر ابھی ابھی ہوا اور روشنی میں آیا ہو۔ بولی '' وہ تو آپ ہمیشہ سے ہیں اور صرف مجھ سے

نہیں میرے تمام درباریوں سے بھی قد میں بلند ہیں"

بادشاہ سوچ میں پڑ گیا۔

شہزادی نے اس سے بیٹھنے کی درخواست کی اور مہمانوں کی طرف متوجہ ہوئی "اتنی کم مہلت میں آپ سب کا اپنا کام چھوڑ کر یہاں حاضر ہونے کا شکریہ"۔ پھر چند لمحے خاموش رہ کر اس نے کہا "پوشاکیں آپ کو ہماری طرف سے تحفہ ہیں گھر پہنے پہنے جایئے"

"پوشاک کے علاوہ؟" ایک بونے نے مسخرے پن سے کہا۔

شہزادی سیم تن اس کی بات سمجھ گئی جھینپ کر بولی "سواری کے لیے سب کو ایک یابو دیا جاتا ہے یہ ہے علاوہ"

بادشاہ سرخ مخمل کی آرام دہ کرسی میں بیٹھا سوچ رہا تھا شہزادی کے وہ دو مختصر جملے: وہ تو آپ ہمیشہ سے ہیں اور صرف مجھ سے نہیں میرے تمام درباریوں سے بھی۔۔۔" اسے ستا رہے تھے اچانک اُسے خیال آیا "پھر تو میں اپنے درباریوں میں بھی، سب سے نہ سہی بہت سوں سے۔۔۔" "مگر یہ تبدیلی مجھ میں کب سے آئی تھی جس نے میرے دماغ کو ایک شکنجے میں جکڑ رکھا تھا؟" اُس کے دماغ نے جواب دیا "جس دن جنت مکاں، بادشاہ دوراں والد محترم کا انتقال ہوا تھا؟"

"نہیں۔ یا شاید تھوڑی بہت"

"جس دن جنت نشاں ملکہ عالیہ نے میرا سر اپنے سینے سے لگا کر کہا تھا "شہزادے اب آپ کے سیر تماشے، شکار، ناچ گانے سے دل لگانے کے دن ختم ہوئے"۔ اس کا چہرہ ایک دم چمک اٹھا۔ پردے کے ہٹ جانے پر جس طرح اسٹیج روشنی میں نہا جاتا ہے اور وہاں اتنی بات کہہ کر تاج میرے سر پر اپنے ہاتھوں سے رکھا تھا۔ اس لمحے مجھے لگا تھا وہ تاج نہیں چکی کا پاٹ تھا اور اس کے بوجھ تلے میں تھوڑا سا، بس تھوڑا سا زمین میں دھنس گیا تھا۔

شہزادی نے اس کا ہاتھ اپنے ہاتھوں میں لے کر کہا "کیا سوچ رہے ہیں؟"

بادشاہ نے اٹھتے ہوئے کہا "دن بہت چڑھ گیا ہے، رعیت میری جان کو رو رہی ہوگی۔ جاؤں جا کر ان کی سنوں"۔

وقت کا طوفان

نند کشور وکرم

رات کے ساڑھے بارہ بج چکے تھے اور سریش بابو کی بیوی کب کی گہری نیند سوئی زور زور سے خراٹے بھر رہی تھی مگر سریش بابو تھے کہ انتہائی کوشش کے باوجود سو نہیں پا رہے تھے۔ کمرے میں تاریکی اور اپنی بیوی کے خراٹوں کے بیچ پہلو بدل بدل کر جب وہ سو نہیں پائے تو دھیرے سے اُٹھ کر برآمدے میں آگئے اور وہاں ٹہل ٹہل کر اپنی ذہنی پریشانی سے نجات پانے کی کوشش کرنے لگے۔ لیکن ہزار کوشش کے باوجود انہیں قلبی اطمینان وسکون نصیب نہیں ہو رہا تھا اور وہ مسلسل ٹہل ٹہل کر آج دن میں ہوئے واقعہ کو ذہن سے جھٹکنے کی کوشش کر رہے تھے۔

سدیش بابو مرکزی سرکار کے محکمہ زراعت میں انڈر سیکریٹری تھے اور گزشتہ دس برس سے نئی دہلی میں الاٹ سرکاری فلیٹ میں رہائش پذیر تھے اور بڑے امن وسکون کی زندگی گزار رہے تھے کہ اسی دوران دیکھتے ہی دیکھتے ان کی ننھی منی اکلوتی بیٹی سمرتی جوان ہوگئی اور انہیں بھی عام والدین کی طرح اس کی شادی کی فکر لاحق ہوگئی۔

لیکن یہ کوئی نئی بات تو نہیں تھی۔ یہ چنتا تو بیٹی کے جوان ہونے پر ہر ماں باپ کو لاحق ہو جاتی ہے اور وہ اس کیلئے بر ڈھونڈنے لگتے ہیں لیکن اب نئے زمانے کے ساتھ ساتھ طور طریقے بھی بدلتے جا رہے تھے۔ پہلے یہ ماں باپ کی ذمہ داری ہوتی تھی کہ وہ اپنے بچوں کے لئے اچھے رشتے تلاش کریں اور اس سلسلے میں اپنے سگے سمبندھیوں کی مدد بھی لیں۔ مگر اب اعلیٰ تعلیم ،مہانگروں کی شہری زندگی اور گلوبلائزیشن نے ماں باپ کو اس کام سے فارغ سا کر دیا تھا اور اب زیادہ تر بچے یہ کام خود ہی انجام دیتے ہیں۔ وہ اس معاملے میں صرف ماں باپ کی رضامندی حاصل کرنے کی کوشش ہی کرتے ہیں۔ اگر والدین راضی ہو جائیں تو ٹھیک ورنہ وہ خود ہی اپنی مرضی سے سول میرج یا دوستوں کے شمولیت اور تعاون سے کسی مندر، مسجد یا گورودوارے میں جا کر یہ مسئلہ حل کر لیتے ہیں۔

سدیش بابو کو بھی یہ فکر گھن کی طرح کھائے جا رہی تھی کہ ان کی جوان بیٹی ایک ملٹی نیشنل کمپنی میں ساٹھ ستر ہزار روپے تنخواہ پانے کے باوجود شادی کے لئے ہاں نہیں کر رہی تھی، حالانکہ رشتہ داروں اور برادری سے کئی رشتے آرہے تھے۔ مگر وہ کیا کریں؟ وہ تو شادی کے لئے ہاں ہی نہیں کر رہی تھی۔ جب بھی وہ اس سے شادی کے لئے اصرار کرتے تو وہ ہر بار ٹال دیتی۔ اور ہمیشہ یہی کہتی۔ ''پاپا آپ کیوں فکر کرتے ہیں۔ جب مجھے شادی کرنی ہوگی اور مجھے کوئی لڑکا پسند آئے گا۔ مَیں خود آپ کو بتا دوں گی۔''

بیٹی کی اس تسلی کے باوجود ان کی چنتا دور نہیں ہو رہی تھی کیونکہ عام طور پر اُن کے سبھی رشتہ داروں اور جان کاروں کی بیٹیاں بیاہی جا چکی تھیں اور ان کی بیٹی پچیس سال کی ہونے پر بھی ابھی تک کنواری تھی۔ اور ان کے لاکھ چاہنے پر وہ شادی کے لئے ہاں نہیں کر رہی تھی۔ مگر ایک دن جب وہ دفتر سے لوٹے اور ڈرائنگ روم میں بیٹھے کافی پی رہے تھے تو ان کی بیوی سنگیتا نے ان سے کہا۔'' آپ کے لئے ایک خوش خبری ہے۔؟''

''کیا؟'' انہوں نے چونک کر پوچھا۔

''سمرتی نے ایک لڑکا پسند کر لیا ہے۔ اور وہ چاہتی ہے کہ آپ بھی اس سے مل لیں۔''

''لیکن لڑکا کرتا کیا ہے؟''

''وہ بھی اس کی کمپنی میں کام کرتا ہے اور ڈیڑھ لاکھ روپے تنخواہ پاتا ہے۔ اور وہ چاہتی ہے کہ آپ سنڈے کو اس سے کسی جگہ مل لیں۔

''لڑکا کہاں کا ہے اور اس کے ماں باپ کیا کرتے ہیں۔؟'' سدیش بابو مزید معلومات حاصل کرنے کی غرض سے بولے۔

''اس بارے میں مجھے کچھ زیادہ معلوم نہیں۔ اور پھر ہم نے پتہ کر کے لینا بھی کیا ہے۔ کیونکہ جب اُس نے لڑکا پسند کر لیا ہے اور اس نے وہاں شادی کرنی ہی ہے تو ہمیں زیادہ پوچھ تاچھ کی ضرورت کیا ہے۔ پھر بھی سنڈے کو جب ملیں گے تو آپ نے جو پوچھنا ہے پوچھ لیجیے گا۔''

سنڈے کو وہ لوگ اس سے ملنے 'گے لارڈ' پہنچے جہاں انہیں لڑکے سے ملاقات کرنی تھی۔۔ سمرتی نے سبھی کا تعارف کرایا اور وہ سب اپنی اپنی سیٹوں پر بیٹھ گئے مگر وہ لڑکا مسلسل کھڑا حیرت واستعجاب سے سدیش بابو کو دیکھ رہا تھا۔ اور سدیش بابو سلسلۂ گفتگو شروع کرنے کے لئے سوچ رہے تھے کہ وہ اس کے آبائی شہر اور والدین کے بارے میں پوچھیں کہ اس لڑکے نے پہل کر کے بڑی نمرتا سے اور بڑی دھیمی آواز میں اُن سے ہی سوال کر دیا۔

''انکل کیا آپ راجپورہ کے رہنے والے ہیں؟

''جی۔''

'انکل!' کیا آپ نے مجھے پہچانا۔ مَیں بھی اسی جگہ کا رہنے والا ہوں؟''

سدیش بابو ہکا بکا اسے غور سے دیکھنے اور سوچنے لگے کہ آخر یہ لڑکا کون ہو سکتا ہے؟ مگر کچھ سمجھ نہ آیا۔ تب انہوں نے اپنی حیرانی کا اظہار کرتے ہوئے کہا......

''بیٹا! آپ کہاں رہتے تھے۔اور آپ کے پتا جی......''

''میرے پتا جی کو آپ اچھی طرح جانتے ہیں۔وہ تو آپ کے محلے ہی میں رہتے تھے۔''

''کون؟'' حیرت و استعجاب سے اُن کا منہ کھلا کا کھلا رہ گیا۔راج کمار نے اُن کی حیرانی دیکھتے ہوئے کہا۔

''رام رکھامل، جو آپ کے ساتھ پرائمری اسکول میں پڑھا کرتے تھے۔''

رام رکھامل کا نام سنتے ہی سدیش بابو کو بجلی کا کرنٹ سا لگ گیا اور ان کا منہ کھلا کا کھلا رہ گیا۔

''اوہ تو تم رام رکھامل کے بیٹے ہو؟''

''جی انکل!''

''اچھا! اچھا۔'' رام رکھامل کا نام سن کر انہیں بات کرنے کے لئے الفاظ نہیں سوجھ رہے تھے پھر تھوڑے سے وقفے کے بعد اُنہوں نے اپنے آپ کو سنبھالا اور ہمت بٹور کر پوچھا۔'' کیسے ہیں رام رکھامل جی؟''

''جی ان کا تو کوئی تین سال پہلے انتقال ہو گیا تھا۔''

''اوہ'' ان کے منہ سے 'اظہارِ افسوس' میں بس اتنا ہی نکل سکا۔اس کے بعد انہیں سوجھ ہی نہیں رہا تھا کہ اب وہ اس سے کیا سوال کریں۔کیونکہ رام رکھامل ان کا کبھی تیسری چوتھی کلاس میں ہم جماعت تھا اور اس کا باپ ان کے محلے میں جوتے چپل کی مرمت کیا کرتا تھا۔مگر یہ بات وہ اپنی بیٹی کو کیسے بتا سکتا ہے؟ اور وہ بھی اس سچویشن میں جبکہ شادی کی بات لگ بھگ طے ہو چکی ہے اور رام رکھامل کا لڑکا راج کمار آج ایک اعلیٰ عہدے پر فائز ہے اور ڈیڑھ لاکھ روپے تنخواہ پا رہا ہے۔پھر وہ اپنی بیٹی کو کیسے بتا سکتے ہیں کہ اس لڑکے کا دادا اُن کے گھر کے سامنے موچی کا کام کرتا تھا۔اور پھر ایسی صورتِ حال میں جبکہ وہ اس مقام پر ہے کہ اسے کسی طرح سے اپنے آپ سے کمتر خیال نہیں کیا جا سکتا۔وہ ڈیڑھ لاکھ روپیہ مہینہ تنخواہ پاتا ہے اور اس کی بود و باش کا معیار بھی کئی لحاظ سے بہتر تھا۔

سدیش بابو کی زبان تالو سے چپک گئی۔اُن سے کچھ کہتے نہیں بن رہا تھا۔اگر کسی اور موقع پر وہ اس سے ملے ہوتے تو وہ خوشی اور فخر سے اسے گلے سے لگا لیتے مگر اب تو ان کی بیٹی کی پسند کا معاملہ تھا اور وہ ان کا ہونے والا داماد تھا۔ان کی بیٹی اسے پسند کر چکی تھی تو کیا وہ اسے بتا سکتے ہیں کہ اس کے دادا ان کی گلی میں کیا کام کرتے تھے؟ نہیں وہ بھلا اسے کیسے بتا سکتے ہیں اور پھر جب بیٹی نے شادی کا تہیہ کر ہی لیا ہے تو ان کے اڑچن ڈالنے کے بھی کیا معنی۔اگر وہ اس کی مخالفت کریں گے تو اس کا کیا فائدہ ہوگا؟ کل وہ جا کر کورٹ میں سول میرج کر لیں گے۔اور پھر آج ذات برادری، مذہب دھرم کو نظر انداز کر کے بے شمار شادیاں ہو رہی ہیں۔۔اس لئے انہیں راضی ہونا ہی پڑے گا۔

وہ دل ہی دل میں یہی سب سوچ رہے تھے کہ ان کی بیٹی نے ان کی خاموشی کو توڑتے ہوئے کہا۔

''پاپا کیسے لگے راج کمار؟''

سدیش بابو کا جی چاہا وہ بیٹی کو ساری حقیقت سے آگاہ کر دیں مگر وہ یہ سب کیسے بتاتے اور پھر انہوں نے مصلحت اسی میں سمجھی کہ وہ بھی بیٹی کی ہاں میں ہاں ملائیں۔لہٰذا انہوں نے بھی کچھ توقف کے بعد چہرے پر زبردستی مسکراہٹ لاتے ہوئے کہا......

''بہت اچھے۔اور پھر خوشی کی بات یہ ہے کہ یہ ہمارے شہر کے اور اپنے واقف کار بھی ہیں۔بھلا اور ہمیں کیا چاہیے'' اتنا کہنے کے بعد انہوں نے چائے کا پیالہ اُٹھایا اور جلدی جلدی چائے کی چسکیوں میں اپنے اندر کی ندامت کو چھپانے کی کوشش کرنے لگے......

"گم نامی کی جانب"

شہناز خانم عابدی

میرے میاں چودھری فضل اللہ لدھیانے سے پاکستان ہجرت کر کے فیصل آباد میں آباد ہوئے۔ تقسیم کے فسادات اور خون خرابے سے ان کا بھرا پرا خاندان سارے کا سارا محفوظ رہا۔ یہ ایک عجیب اور نا قابلِ فہم حقیقت تھی جس کو ان کے اڑوس پڑوس والوں بلکہ سارے قافلے والوں نے محسوس کیا اور ہر شخص جو ان سے ملنے آیا اپنے اپنے اعتقادات اور اپنی اپنی فکر کے مطابق اس کی تفہیم کی۔ اس کے باوجود اس خاندان پر فسادات کی المناکی اسی طرح مسلط رہی جس طرح دوسرے فساد زدہ اور جبری ہجرت کے مارے خاندانوں پر۔۔۔ اشجارِ زیست جڑوں سے کٹ گئے، اکھڑ گئے، جل گئے، پودے ٹھٹھر گئے، پھول پتی بکھر گئے۔

چودھری فضل اللہ کا خاندان فیصل آباد میں ایک بار پھر بکھرا اور لوگ اِدھر اُدھر نکل گئے۔ فیصل آباد سے میں، چودھری فضل اللہ اور ہمارے بچے کراچی پہنچے اور ایک نئی لیکن پھیلتی اور بڑھتی ہوئی غریب طبقے کی بستی میں قیام کیا۔ قریبی بازار میں چھوٹا سا خراد کے کام کا کارخانہ قائم کیا۔ روزی، روٹی اور رہائش کا بندو بست ہو گیا لیکن جی ٹھکانے نہ لگا۔ چودھری فضل اللہ نے میرے سمجھانے بجھانے کی پرواہ نہ کی اور گھر بدل لیا۔ کام مزید چل نکلا، دل بھی ٹھہر گیا البتہ مکان، ہانڈی، چولھا، چوکی بدلتے گئے۔ بالآخر ایک مکان جس کے کمرے کسی چھوٹی موٹی کوٹھی جیسے تھے اور جس کا آنگن کشادہ تھا نہایت سستے داموں میں مل گیا۔

رہن سہن کے ابتدا ہی میں محلے کی عورتوں میں سے ایک دو بوڑھی بڑی عورتوں نے یہ انکشاف کیا کہ "مکان پر نحوست کا سایہ ہے۔۔۔ اور ہاں صحن کے بیچوں بیچ جو آم کا درخت ہے اس سے ہشیار خبردار رہنا، مشہور ہے کہ اس کی جڑوں میں اس مکان کے قدیمی مالک نے اپنی بیوی کا گلا کاٹ کر خون ڈالا تھا اور پھر خود درخت سے لٹک کر مر گیا تھا۔"

میں نے اپنے میاں چودھری فضل اللہ کو جب یہ ہولناک واقعہ سنایا تو اس نے جواب میں ایک قہقہہ لگایا۔ اس کی عادت تھی کہ جب مجھے چپ کرانا ہوتا تو معاملے کی مناسبت سے یا تو ایک لمبی 'ہوں' سے یا پھر ایک 'بلند آہنگ قہقہے' سے مجھے چپ کرا دیتا۔ میں نے اس مکان کے موضوع کو اپنے ذہن سے نکال کر باہر پھینک دیا۔ اڑوس پڑوس کی عورتیں بھی دوبارہ نہیں آئیں کیونکہ وہ آبادی ہزار گز کے پلاٹوں پر مشتمل تھی اور اس کے مکین ایک دوسرے سے ملتے ملاتے نہیں تھے ماسوا کسی تقریب کے۔ ہر موقعہ پر باقاعدہ دعوت دیئے جانے کی ضرورت پڑتی۔۔۔۔۔ اس بستی میں لوگ گاڑیوں پر آتے جاتے۔ پیدل چلتے ہوئے اکا دکا آدمی کو نچلے طبقے کا اچھوت سمجھا جاتا۔ پڑوس کے محلّوں میں رکشا چلتے لیکن اس محلّے میں مجال ہے کوئی رکشہ نظر آ جائے۔

اس منحوس مکان میں رہائش ہم سب کو راس آئی۔ میاں کا معمولی سا سیٹ اپ خراد کے ایک بڑے کارخانے میں بدل گیا۔ آہستہ آہستہ طارق روڈ کے علاقے میں بھی کارخانے کی ایک شاخ قائم ہو گئی۔ مکان جو پہلے ہی کسی انگریز کی کوٹھی جیسا لگتا تھا میرے میاں چودھری فضل اللہ نے اسے موڈرن بنگلے میں تبدیل کر دیا۔ سرونٹ کوارٹر بھی بنوا لئے جن میں ڈرائیور، باورچی ایک دو اور ملازم اور ان کے بیوی بچے رہتے تھے۔

میں خوش تھی ظاہر میں بھی اور باطن میں بھی پیسے کی تنگی سے محفوظ ہونا ہی کسی عورت کے لئے جنت میں رہائش سے کم نہیں ہوتا۔ اولاد کے معاملے میں بھی مجھے بڑا سکون میسّر تھا۔ دونوں مہنگے اسکولوں میں پڑھتے تھے، استاد گھر آ کر ٹیوشن پڑھاتے۔ لڑکے کرامت اللہ کے لئے ایک پختہ عمر کے کالج کے پروفیسر اور لڑکی کے لئے ایک کالج گرل۔ لڑکا، لڑکی دونوں اپنی اپنی کلاسوں میں ہمیشہ ٹاپ کرتے۔

خوش حالی کے ساتھ آدمی تنہا نہیں رہ پاتا۔۔۔۔ ایسا کیوں ہوتا ہے کہ آدمی جب مشکلات میں گھرا ہوتا ہے تو لوگ اس سے دور بھاگتے ہیں حتیٰ کے رشتہ دار تک منہ موڑ لیتے ہیں جب کہ ان کی اور ان کے تعاون کی اشد ضرورت ہوتی ہے۔۔۔۔ اور خوشحالی کے دوران ہر چہار اطراف سے یورش کر دیتے ہیں۔۔۔۔ میں نے اس صورتِ حال پر غور بھی کیا ہے اور حیران بھی ہوئی ہوں۔۔۔۔ میرا اپنا حلقہ دیکھتے ہی دیکھتے وسیع اور وسیع تر ہوتا چلا گیا۔ نہ چاہتے ہوئے بھی مجھے کئی ایک کلبوں اور اداروں کا رکن بننا پڑا ہر ویک اینڈ اپنے خانہ عافیت سے باہر تا دیر وقت گزارنا پڑتا۔ کئی پارٹیوں میں شریک ہونا پڑتا۔ ادھر بچوں کی بھی کایا کلپ ہو رہی تھی بیٹی موئی مختصر لباس میں اپنی جیسی اور لڑکیوں کے ساتھ گھومنے لگی تھی۔ بیٹا کرامت کانوں میں ہیڈفون کی ڈنڈیاں ٹھونسے اپنے کمرے میں ہمہ وقت ناچتا، مٹکتا، تھرکتا پایا جاتا یا پھر کسی نوایجاد فون پر انگلیاں گھما کر جانے کیا کیا کرتا۔ پیسے کی ریل پیل اچانک بڑھ گئی تھی۔ ہمارے میاں چودھری فضل اللہ پر اب اللہ سے زیادہ غیر اللہ فضل کرنے لگے تھے۔ پہلے کبھی کبھار جم خانے سے رات گئے نشے میں ٹُن لوٹتے تھے۔ اب ہر رات لڑکھڑاتے قدموں سے گاڑی سے گھر کے اندر آتے۔ کسی کسی رات دن چڑھنے کے بعد تشریف آوری ہوتی۔ اور وہ بھی سر پکڑے بڑی بڑی جمائیاں لیتے ہوئے۔ آتے ہی کسی صوفے پر گر کر نیبو پانی پیتے۔ ان کے اتارے ہوئے کوٹ پر اور قمیص پر نارنجی، سرخ اور کبھی کبھار کالے رنگ کی گل افشانیاں دیکھنے میں آتیں۔ جب میں بے مو

سم کی روپے پیسوں کی بارش کے بارے میں ان سے کچھ پوچھتی یا ان کے کپڑوں پر لگے لپ اسٹک کے داغ کی طرف انگلی اٹھاتی تو جواب میں کبھی 'بلند آہنگ قہقہہ' یا پھر زوردار گونج جیسی لمبی 'ہوں' میرے سوالات کا منہ بند کر دیتی۔

ہمارا 'منحوس' مکان 'بابرکت' ثابت ہو کر ایک شاندار بنگلے میں تبدیل ہو چکا تھا۔ صحن میں کھڑا ہوا آم کا درخت جس سے مجھے خبردار رہنے کو کہا گیا تھا ایک سال چھوڑ کر پھل دیتا اور جس سال پھلتا میں اس کے آم بنواتے بنواتے بیزار آ جاتی۔ اور جس برس پھل نہ دیتا تو تھوڑا سا بور لا کر کیریاں دیتا۔ میں ان کیریوں کا بڑے چاؤ سے اچار ڈلواتی چند مرتبان پانی کے اور چند تیل کے۔ اچار کی سوغات میں جن کے پاس بھی بھجواتی وہ تعریف کے فون کال سے دل خوش کر دیتیں۔ میں جب آم کے درخت کا سوچتی تو اس خیال سے کانپ کر رہ جاتی کہ اس مکان میں رہائش کرنے کے ابتدائی دنوں میں کئی مرتبہ اس کو کٹوا پھینکنے کا فیصلہ کیا لیکن کبھی کوئی مہمان رہنے کے لئے آ گئے یا پھر کسی ناگہانی مصروفیت نے میرے دل و دماغ کو گھیر لیا۔

الغرض میری روزمرہ زندگی اس منحوس مکان اور آم کے اس درخت کے ساتھ جس کی جڑوں کو کسی خبطی، جنونی نے نجانے کن حالات کے تحت اپنی بیوی کے خون سے سینچا تھا اور اپنے بدن کو اس درخت سے لٹکایا تھا، میری، میرے میاں چودھری فضل اللہ اور ہمارے دونوں بچوں کی خوب نبھ رہی تھی۔ میاں کی روز روز کی شراب نوشی اور عیش کوشی، بچوں کی مغرب زدگی کے ماسوا زندگی گلزار تھی۔

ان دنوں موسم کی تبدیلی کچھ زیادہ نمایاں ہونے لگی تھی۔ خواتین افسانہ نگاروں کی زبان کے مطابق گلابی جاڑا سچ مچ کے جاڑے میں بدلتا جا رہا تھا۔ میں بنگلے کے اندرونی صحن میں آرام کرسی پر نیم دراز موسمِ سرما کی لذت آگین دھوپ اور چائے گھونٹ گھونٹ لے رہی تھی۔ اچانک پائل کی چھنک کے ساتھ میں نے چونک کر کیکتی کو دیکھا۔ کیکتی کا تعلق لمباڑا قوم سے ہے۔ کراچی شہر میں برس کے بارہ مہینے قوم کے لوگوں کا آنا جانا لگا رہتا ہے۔ لمباڑا قوم کے بھی کچھ لوگ سال میں دو تین مرتبہ کراچی کے چکر لگاتے ہیں۔ جب وہ آتے ہیں تو کیکتی میرے ہاں ضرور آتی ہے۔ میری ہدایت کے مطابق سیکیورٹی والے اس کو نہیں روکتے ہیں وہ بلا جھجک اندرونی صحن تک آ جاتی ہے۔ کیکتی کو میں ہمیشہ نیچے سے اوپر کی جانب دیکھتی ہوں۔ لمباڑا قوم کی یہ رنگا رنگ لڑکی میری اس عادت سے واقف ہے۔ اور اپنے آپ کو مجھے دکھانے بھی لگی ہے۔ اپنے دائیں پاؤں سے ایک بجتا ہوا ٹھمکا لگا کر وہ کسی پرانے دراوڑی زبان کے گیت کے بول گا کر پہلے ہلکے قدم اور پھر تیز رکھتے ہوئے، رقص کرتے ہوئے کبھی ایک جانب اور کبھی دوسری جانب گھومتی ہے۔ اپنے رنگ برنگے گھیر دار لہنگے کو گھٹنے تک اٹھا کر کبھی دائیں اور کبھی بائیں ٹانگ آگے کر کے پلٹتی تو اس کے بلاؤز میں رنگ برنگے دھاگوں سے ٹکے ہوئے شیشے جھلمل جھلمل کرنے لگتے۔ اس دن بھی وہ معمول کے مطابق گاتے ہوئے رقص کرنے لگی لیکن اچانک اس کے تھرکتے پاؤں ساکت ہو گئے، گیت کے بول اس کے ہونٹوں پر ٹھہر گئے۔

"ہائے دیوا" اس کی زبان سے نکلا۔

میں نے اس کو انتہائی تعجب سے دیکھا۔ وہ آم کے پیڑ کو دیکھ رہی تھی۔ اس کی آنکھیں پھٹ کر پھیل گئی تھیں اور گالوں پر گودے ہوئے سبز ستارے اوپر اٹھ کر اس کی پیشانی کو چھونے لگے تھے۔ پلاسٹک کے کڑوں سے ڈھکے ہوئے اس کے دونوں بازو آسمان کی طرف اٹھے ہوئے تھے۔ اس کا منہ کھلا ہوا تھا اور ہونٹوں سے خانہ بدوش دراوڑیوں کی زبان کے لفظ آپ ہی آپ پھیل رہے تھے۔

"کیا بات ہے کیکتی تو ناچتے ناچتے رک کیوں گئی۔"؟ میں نے خاصی بلند آواز میں سوال کیا

میری آواز کے زیرِ اثر جیسے وہ اپنے آپے میں آ گئی۔ اس نے اپنی کلمے کی انگلی سے آم کے پیڑ کی جانب اشارہ کیا۔

"بی بی جی!۔ آپ نے دیکھا آم کے پیڑ پر۔" اپنا فقرہ مکمل کئے بغیر وہ چپ ہو گئی۔

میں نے اس کی اٹھی ہوئی انگلی کی جانب دیکھا۔ آم کے پیڑ پر مجھے کوئی خاص پرندیا چیز نہیں دکھائی دی۔ البتہ اس پر بور آ رہا تھا۔ اس پر حیران ہوتے ہوئے کہ پیڑ پر بور آنے کو میں نے کیوں نہیں دیکھا میں نے کیکتی سے کہا" وہاں کیا ہے آم کا بور ہی تو ہے۔"

"آم کے پھول بی بی جی۔۔۔۔آم کے پھول۔۔۔۔رُت کے بنا۔۔۔۔سردی کی رُت میں ۔۔۔۔ہائے دیوا۔۔۔۔معافی۔۔۔۔معافی۔۔۔۔" کیکتی آسمان کی طرف دیکھکر اپنے ہاتھ جوڑنے لگی اور بغیر کوئی بات کئے، کچھ لئے، پلک جھپکتے میں میری نظروں سے غائب ہو گئی۔ اس کے جانے کے بعد میں آرام کرسی سے اٹھی ملازمہ کو آواز دی کہ وہ چائے کی پیالی اٹھا لے جائے۔ اور ایک نظر آم کے پیڑ پر ڈالی۔ اس پر بور آ رہا تھا۔۔۔۔۔بے موسم کا بور۔

بے موسم کا بور۔۔۔۔۔بے موسم کے آموں میں بدلنے میں دیر نہیں لے گی۔ اس کے خلاف کیکتی کے ردِ عمل کے بعد کسی اور کا ردِ عمل دیکھنے میں نہیں آیا۔ میرے ملنے والوں میں ایسے لوگ کم تھے جو ان باتوں پر زبان کھولتے۔ میں نے خود اس پر ایک دو مرتبہ سوچا تو اس نتیجے پر پہنچی کہ سردیوں میں آموں کی کھیپ کا آنا خلافِ فطرت واقعہ ضرور ہے۔۔۔۔اگر چہ کہ بور کم آیا اور کیریاں اور آم بھی کم کم آئے لیکن آئے۔

شہر کے اکناف فارم ہاؤزوں کی تعداد میں اچانک اضافہ ٹاک آف دی ڈے Talk of the day کے طور پر ہوا تو خواتین نے بھی اس پر باتیں کیں۔ اس طرح مجھ تک بھی ساری باتیں پہنچیں لیکن میرے ذہن میں یہ

خیال کیسے آسکتا تھا کہ شراب، جوئے اور جسم فروشی کے ان اعلیٰ معیار کے فحاشی کے اڈوں میں میرے میاں چودھری فضل اللہ لدھیانہ والے کا پیسہ بھی لگا ہے۔ مجھے یہ بھی نہیں معلوم ہوسکا کہ میری اپنی بیٹی موی اپنے بوائے فرینڈ کے ساتھ فارم ہاؤزوں میں جانے لگی ہے۔اور یہ کہ وہ منشیات کی ایڈکٹ (عادی) ہوچکی ہے۔یہ سب معاملات میرے کانوں تک غیر معمولی تاخیر سے پہنچے۔ان کے علاوہ یہ ہولناک سچائی کہ میرے میاں چودھری فضل اللہ پر جو فضل غیر اللہ ہو رہا ہے اور جو ہُن میرے گھر پر برس رہا ہے وہ منشیات کا زیرِ زمینی کاروبار ہے جس میں میرا رفیقۂ حیات شریک ہے مجھ پر اس وقت کھلی جب میں اس سے ملنے پولس لاک اَپ گئی۔وہاں اس سے بات کرنے میں مکمل ناکامی ہوئی۔میرے لاکھ پوچھ گچھ پر بھی وہ کچھ نہ بولا حتیٰ کہ میں رونے لگی۔پولیس کا ایک آدمی مجھے وہاں سے لے گیا یہ کہہ کر ''ملاقات کا وقت ختم ہوگیا۔''

سوشلائز کرنے کے فائدے کے طور پر مجھے بیگم آئی جی پولس کے توسط سے آئی جی سے ملنا آسان ہوگیا۔آئی جی نے بڑی نرمی سے مجھ کو معاملات کی نزاکت سے آگاہ کیا۔ضمانت پر اپنے میاں کو چھڑانے سے باز رکھنے کا مشورہ دیتے ہوئے مجھ سے کہا کہ منشیات ایک زیرِ زمین کاروبار ہی نہیں ایک ورلڈ وائڈ چین کا حصہ ہے۔ہم یہ معلومات حاصل کرنے میں لگے ہیں کہ اس کی کراچی شاخ میں آپ کے ہزبینڈ چودھری فضل اللہ کے علاوہ اور کون لوگ شامل ہیں، یہ حلقہ کتنا وسیع ہے۔آئی جی صاحب نے صاف لفظوں میں کہا ''بیگم فضل اللہ ہم آپ کے ہزبینڈ کو پولس لاک اَپ سے فوری طور پر سنٹرل جیل شفٹ کر رہے ہیں۔وہاں سے انتہائی خفیہ طور پر کراچی سے باہر کسی اور جیل میں منتقل کر دیا جائے گا۔فی الحال آپ اس معاملے کو بند کتاب سمجھیں۔بس اتنا ذہن نشین کر لیں کہ چودھری فضل اللہ کی جان کو زبردست خطرہ درپیش ہے۔منشیات کے عالمی قصائی پہلے ہی اس کی زبان بندی کا حکم نامہ جاری کر چکے ہوں گے۔''

آئی جی صاحب کے بنگلے سے جب میں گھر پہنچی تو میرا بیٹا کرامت جو میرے ساتھ ساتھ لگا گھوم رہا تھا مجھ سے لپٹ گیا۔

اور بولا۔''موم گھبراؤ نہیں سب ٹھیک ہو جائے گا۔میں آپ کے ساتھ ہوں ہم دونوں حالات کا مقابلہ کرینگے۔''

کرامت جو ہر وقت گانے ناچنے اور دوستوں کے ساتھ آوارگی میں مگن رہتا تھا۔میرے ایک واحد سہارے کے طور پر کھڑا ہو گیا تھا اور اچانک بڑا بھی ہو گیا تھا۔مجھ سے بھی عمر میں بہت بڑا۔

بیٹی موی کو صورتِ حال کا رات دیر گئے پتہ چلا جب وہ اپنی کسی نام نہاد گرل فرینڈ کے پاس سے گھر لیٹ نائٹ آئی۔اس نے بہت دنوں کے بعد پہلی مرتبہ میری آنکھوں میں آنکھیں ڈال کر دیکھا۔

اس کی آنکھوں نے میری آنکھوں سے کہا۔

''ممتا میں آپ کی بیٹی ہوں۔ازلی اور ابدی آپ کی ہوں اور آپ کی رہوں گی۔''

زندگی ایک مرتبہ پھر حالات کے محاصرے میں آگئی تھی۔۔۔۔ ایک مرتبہ پھر معاشرہ میرے خلاف کھڑا ہو گیا تھا۔۔۔۔میں جو مشکلات میں ایک مرتبہ پھر گھر گئی تھی۔۔۔۔معاشرہ مجھ سے متصادم تھا۔۔۔۔معاشرے کی انگلیوں کا رخ میری جانب تھا اور ہر جانب سے ہم پر تھو تھو پڑ رہی تھی۔۔۔۔ منشیات فروشی کا کالک ہمارے چہروں پر تھوپا جا رہا تھا۔حالانکہ میرا ایسے کسی معاملے سے کوئی تعلق تھا ہی نہیں۔سب کچھ مجھ سے بالا ہی بالا ہوا تھا۔میں نے ترنت فیصلہ لیا۔''میں جو ان معاملات سے بالا تھی۔۔۔۔لاتعلق تھی۔۔۔۔لاتعلق ہی رہونگی۔''

میں نے وہ بنگلہ چھوڑ دیا اس آم کے درخت سے نجات پالی جس کی جڑوں میں کسی نے اپنی بیوی کا خون ٹپکایا تھا۔اور جس کے ڈالے سے لٹک کر ایک انسانی زندگی نے اپنا خاتمہ کیا تھا۔

میں نے وہ شہر ہی چھوڑ دیا جس میں میرے شوہر نے منشیات فروشی کے ناپاک دھندے سے اپنی روح کو پلید کیا تھا۔میں نے اپنے بیٹے کرامت اور اپنی بیٹی موی کے ساتھ بدنامی سے گم نامی کی جانب چھلانگ لگا دی۔

ننگی

رخسانہ صولت

میں نے آنکھیں کھول کر کنوئیں کی منڈیر سے پرے جھانکنا چاہا۔تو میری پلکیں مکڑی کے جالے میں اٹک کر رہ گئیں۔اوہ......تو یہ بھی ابھی ہی ہونا تھا۔کنواں واقعی اتنا اجاڑ بیابان اور بھیانک ہے۔کاش کوئی مجھے یہ بتا سکتا۔نہیں۔کبھی میرا دماغ جنگلوں پہاڑوں کی غلط سمت میں بھی بھٹکنے لگتا ہے۔

میں نے تو سنا تھا کنوؤں کی گہرائی ایک مخصوص حد پر ختم تو ہو جاتی ہے۔مگر چشمے کا منبع اتنا وسیع ہوتا ہے۔کہ کنوئیں کی مخصوص حد اس جگہ بے معنی ہو کر رہ جاتی ہے......اوہ......

میں بھی کن بھول بھلیوں میں الجھ گئی۔جب میں نے اپنی گردن واپس پیچھے کی طرف موڑنا چاہی تو محسوس ہوا میری آنکھوں کی گھنی باڑ جڑ سے اکھڑ رہی ہے۔تکلیف سے بند چشموں کے منہ پھٹنے لگے''ماں'' بے اختیار زبان پر یہ لفظ سسکیاں لینے لگا۔اچانک قہقہوں کی کھنک نے میری سوچوں کے تاج محل مسمار کر دیئے۔آج یہ سوگواری کی بُو کیوں پھیلی ہوئی ہے۔کیا موسم کا مزاج بھی ہرجائی ہو گیا''ایک لمحے کے لئے آواز تھم گئی۔مگر یہ تو دھرتی کے باسیوں کا خاصا ہے۔قدرتی عوامل اس خاصیت سے بے بہرہ ہوتے ہیں۔

''پھر یہ سب کیوں اور کیسے ہوا؟''

آواز سوالیہ نشان میں ڈھل گئی۔

''بات تو پتے کی کہی تھی''میں نے نظروں کی دوربین سے بولنے والے کے وجود کو ٹٹولنا چاہا۔تو نظریں سخت دیواروں اور زنگار ماحول سے ٹکرا کر واپس دماغ کے خالی کشکول میں سہم گئی۔

''آہ ماں! بہت بزدل ہو''......تیر بھی چلانا جانتی ہو۔مگر اس کے بعد دیکھنے کا حوصلہ بھی رکھو۔ہمت پیدا کرو اور سامنے آ کر بات کرو۔

اب تو یوں محسوس ہو رہا ہے کہ انسان کی خاصیت قدرتی عناصر اور عوامل نے اپنا لئے ہیں۔مگر کیوں اور کیسے؟''

آنکھیں ہیں!؟

دیکھ سکتی ہو!؟

دیکھ لو۔دنیا کے بوسیدہ جالوں سے اٹے مفلسی غربت اور افلاس کے کائی زدہ سمندر میں جھانکو ہاں ہاں...... آگے بڑھ کر جھانکو......دیکھو۔اور خوب غور سے دیکھو۔انسانیت کی زخمی' اندھی اور لنگڑی لولی سسکتی لاش کو دیکھو۔

جس کے ارد گرد موٹی موٹی مکھیاں اپنی زبان میں کوئی نوحہ گاتے ہوئے رقص کناں ہیں۔

کہو یہ منظر پسند آیا؟

اس نے مجھے گھورا۔میں نے مسکرا کر دیکھا۔

آگے بڑھو۔اور دیکھو۔!

یہ اشرف المخلوقات کے نادر نمونے ہیں۔جو اپنے آباؤ اجداد کے نام کو مثل طور زندہ جاوید کرنے کے لئے ہمہ وقت کوشاں ہیں اس نے دانتوں میں انگلی دبالی۔سامنے چند ننگ دھڑنگ بھینسے ایک کمزور اور مریل سے مینڈھے کی گردن دبائے ہوئے ڈکار رہے تھے۔دوسری طرف ایک پری چہرہ' ایک بدہئیت اور بھونڈے سراپے والے سیاہ وحشی کے ساتھ راز و نیاز میں مصروف تھی۔میرے دوست کی نظریں اس جوڑے پر جم گئیں۔اسے جیسے سکتہ ہو گیا تھا۔میں نے طنزاً کہا''دیکھا''یہ بھی ایک نیچرل عمل ہے''

پہلی بار وہ بولا۔

''اس لئے کہ نیچرل عمل نیچرل ہونا چاہیے۔جیسا کہ نیچر آزاد ہے۔اس کی روح آزاد ہے پھر فطرت کے کسی عمل پر کوئی پہرے تو نہیں اس کا ہر انداز خوبصورت دلنشیں اور افادی ہوتا ہے۔اور اب سن لو تم۔کہ اس سمندر کا سب سے خوبصورت جوار بھاٹا اسی جگہ پر نظر آیا ہے۔

میرا چہرہ لٹک گیا۔روح کی زردیاں کائنات پر دھند بن کر چھا گئیں۔ذہن سولی پر لٹک گیا

''ٹھیک ہے دوست! تمہارا قصور نہیں۔تم بھی ٹھیک ہو......مگر کاش کہ تم یہ جانتے۔اس فکری لبرٹی کی قیمت کتنی زیادہ ادا کرنی پڑتی ہے۔تم اس شیش محل کے اندر فطری آزادی کی بات کرتے ہو۔یہ جانتے ہو۔کہ اس شیش محل کے خوبصورت صاف شفاف دیواروں کے باہر کا یہ منظر تمہیں نیچرل لبرٹی کا ایک عنصر نظر آیا۔مگر اس فطری تقاضے کو پورا کرنے کے لئے ان اونچی اونچی دیواروں کو بھی تو کرچ کرچ کردو'

اس لمحے میری آواز کے ساتھ کتنی دردناک آوازیں شامل ہو گئیں تھیں۔ہم سب حیران تھے۔

''یہ سب کیسے ہوا؟ یہ کس کی آوازیں تھیں۔تم نے بے اختیار پوچھ ڈالا''

اور بجائے اس کے جواب میری زبان سے ادا ہوتا سمندر کے ہرے ہرے پانی سے سینکڑوں گردنیں سطح پر ابھر آئیں۔ان کے چہرے نچے ہوئے تھے۔خراشوں نے دلخراش تصویروں کا روپ دھار لیا تھا۔کسی کی آنکھ غائب تھی تو کسی کا سر منڈا ہوا تھا۔کسی کے ہونٹ کٹے ہوئے تھے تو کسی کے کان کا

ایک سرا لٹک رہا تھا۔

حسرتوں اور آرزوؤں کے لاشے ان کی آنکھوں میں بے کفن تھے۔ زبانیں کٹی ہوئی تھیں۔ وہ ایک ٹک اس طرف دیکھتی رہیں۔ اور پھر غائب ہو گئیں۔

پانی کی سطح پھر برابر ہو گئی تھی۔

رنگین مچھلیاں کبھی سطح پر ابھر آتیں۔ کبھی زیرِ سطح اٹکھیلیاں کرتی پھرتیں۔

سفید سفید شفاف پروں والی مرغابیاں اپنے جھرمٹ میں آتیں اور اپنا سینہ سمندر کے سینے سے رگڑ کر لذت کے نشے میں مخمور ہو کر پھر اڑ جاتیں ''ہاؤ رومانٹک؟'' اس کی آنکھیں پتھرانے لگیں۔ زبان لڑکھڑانے لگی۔ اور جسم جھرجھری لینے لگا۔

ہوش میں آؤ دوست۔ یہ کائنات کی ایک حقیقت ہے۔ حقیقت سے آنکھیں بند نہیں کرتے۔

''دوست یہ سب کیا تھا؟''

''یہ سب برہنہ کیوں تھیں......؟

''ان کے چہروں پر خون کیسا تھا......؟

''تم پریشان کیوں ہو؟''

''جاننا چاہتے ہو تو سنو۔ یہ بھی نیچرل لبرٹی کا ایک نیا انداز تھا فرق صرف یہ ہے کہ اس نیچرل ماحول میں یہ سب کچھ عجیب اور مافوق الفطرت تھا۔ اس کی سزا ایسی ہو سکتی تھی نا؟ اس سے بھی بدتر۔

اگر تم ان کی زبان سمجھتے تو یقیناً یہ جان جاتے۔ کہ وہ اس سارے عذاب سے خوفزدہ نہیں۔ وہ خود تو بھینٹ چڑھ گئیں مگر راستے کے پرخار کھنڈرات میں انگلیوں کے نشان چھوڑ دیے ہیں۔ تاکہ کوئی تو اس راہ پر ان کی تقلید کرے''

''وہ کون ہوگا؟''

''میں بتاؤں؟''

''مجھ میں...... ہاں سامراجی عفریت کا میں شکار ہوں۔ یہ میرے بال دیکھ رہے ہو۔ نہ یہ بال کٹیں گے نہ آنکھیں پھوٹیں گی۔ نہ زبان کٹے گی...... اور میں اس طوفان میں وہ آہنی دیوار بن جاؤں گی۔ جسے زلزلوں کی دھمک بھی اپنی جگہ سے ہلا نہ سکے گی۔

''سچ واقعی یہ تم کہہ رہی ہو''؟ اس کے لہجے کی خوشی دم توڑ گئی

مگر تم۔ پھر ایک رنگین خوبصورت مچھلی ہو۔ تمہارے لیے باہر کی ہوا بڑی زہریلی ہے۔ بہت ہی...... اپنے اندر ہی گھٹ کر دم توڑ دو گی......

میں بھڑک اٹھی...... میں جلوں گی...... لہولہو ہو جاؤں گی...... ہوا کا زہر نگل لوں گی...... تلواروں کے زخم پی جاؤں گی۔ مگر اس راستے پر جب پیر اٹھ گئے۔ تو کوئی لوٹا نہیں سکے گا۔

اس لیے کہ میں قبیح معاشرے میں اپنے ہم جنسوں کا ایک دوسرے کی گردن پر خون نہیں دیکھ سکتی۔ اندھا سماج اپنی موت آپ مر کر رہے گا۔

اچھا! تو ٹھیک ہے۔ میں تمہارا ساتھ دوں گا۔ اس کے ساتھ ہی ہم دونوں نے ایک چھلانگ لگائی اور شیش محل کو برف کی طرح باریک ذرّوں میں تبدیل کر دیا۔ باہر روشنی کی فضا میں ہم دونوں نے ایک دوسرے کو دیکھا اور حیران رہ گئے۔ ہم دونوں ننگے تھے۔ لباس کی کوئی دھجی بھی تو جسم پر باقی نہیں تھی۔ میں نے دیکھا اس کا جسم بھی خراشوں اور زخموں کی ایک نمائش تھا۔ اس کی آنکھوں سے شعلے برسنے لگے...... اس نے مجھے گھورا لفظ اس کے ہونٹوں سے پھسلے۔

''ننگی''

''کون...... میں''

''میں...... تم کائنات''

اور ہم اپنے برہنہ جسم چھپانے کیلئے مخالف سمتوں میں دوڑ پڑے۔

ایک آواز گونج رہی تھی'' نیچرل عنصر نیچر کا ایک حصہ ہوتے ہیں...... پھر نیچر تو برہنگی کا نام ہے''

''پھر ہم سب ایک دوسرے سے آنکھیں کیوں چراتے ہیں''

میں پل بھر کو رکی...... اور جھیل میں تیرتے کنول اپنی ہتھیلیوں میں بھر لیے۔

''ہشت! ننگی''

ایک قہقہہ گونجا اور کائنات کے حسن میں ڈوب گیا۔

''آفت کی پوٹ''

دیپک بدکی

کہتے ہیں جوڑیاں آسمانوں پر بنتی ہیں۔ انسان کی سوجھ بوجھ اور ہمہ دانی اس میں کچھ بھی نہیں کر پاتی۔ یہ حقیقت میرے سامنے اس وقت کھلی جب میں نے روشن لال سپرو اور اس کی بیوی رجنی کو پہلی بار دیکھ لیا۔ مجھے حیرت ہوئی کہ ایک بگلے کی شادی ایک کوّے کے ساتھ کیسے ممکن ہو سکی۔

ملاقات کے وقت رجنی لگ بھگ چالیس سال کی عورت لگ رہی تھی اور روشن لال اس چار پانچ سال بڑا معلوم ہو رہا تھا۔ دونوں نے تقریباً تیس برس اکٹھے ایک ہی چھت کے نیچے گزارے تھے البتہ کچھ ابتدائی برسوں کو چھوڑ کر ان کے بستر ہمیشہ الگ رہے۔ رجنی ساری عمر ایک پتی برتا عورت کا روپ بھرتی رہی جبکہ روشن لال نے نان و نفقہ مہیا کرنے میں کوئی کسر نہیں چھوڑی۔

دراصل پرانے زمانے میں شادیاں بچپن ہی میں ہوا کرتی تھیں۔ والدین بچوں کی رائے جانے بغیر ہی ان کی شادی طے کر لیتے تھے۔ برہمنوں کے ذریعے دونوں کے زائچے ملوائے جاتے تھے اور اگر گرہوں میں کہیں کوئی نقص نہ ملتا تو شادی پکی ہو جاتی تھی۔ بہرحال اتنا انیائے تو میری سمجھ سے باہر تھا۔ ایسا کام یا تو کوئی نابینا کر سکتا تھا یا پھر کوئی سوتیلا جس کی آنکھیں گدّی میں ہوں۔ مجھے ان کے والدین پر تعجب ہو رہا تھا کہ انھوں نے کیا سوچ کر ان دونوں کے بیچ ازدواجی گانٹھ باندھ لی تھی۔ بے چارے دونوں اس دلدل میں پھنس کر عمر بھر ایک دوسرے کا بوجھ ڈھوتے رہے۔

روشن لال شادی کے سمے صرف پندرہ سال کا تھا۔ میٹرک میں داخلہ لیا تھا۔ چونکہ وہ بہت ہی ذہین تھا اس لیے پتا جی کو پورا بھروسہ تھا کہ بیٹا میٹرک پاس کر کے محکمۂ مال میں ضرور نوکر لگ جائے گا اور پھر ان کے گھر میں بھی اسامیاں ڈالیاں اور نذرانے لایا کریں گی۔ لیکن بیٹے نے معلّمی کو ترجیح دے کر اس کی امیدوں پر پانی پھیر دیا۔

مشترکہ کنبہ تھا۔ والدین اور چار اولاد۔ دو بیٹے اور دو بیٹیاں۔ روشن لال ان میں سب سے بڑا تھا۔ باپ ستر روپے ماہوار کی نوکری پر اتنے بڑے عیال کی پرورش کر رہا تھا۔ نہ کہیں کوئی چک تھا اور نہ ہی کوئی میوہ باغ۔ ارزانی کے دن تھے بڑی فراغت سے نبھتی تھی۔ روشن لال اسکول ماسٹر کیا بنا کہ گھر میں پچاس روپے زیادہ آنے لگے مگر ساتھ ہی ایک فرد کا اضافہ بھی ہو گیا۔ تنگدستی بدستور جاری رہی۔ شومیِ طالع یہ کہ ماں ورثے میں اپنے ساتھ غصہ اور تند مزاجی لے آئی تھی جس کی بدولت گھر ہمیشہ کوروکھشیتر بنا رہا۔ وہ بات بات پر خفا ہو جاتی، چیختی چلاتی اور آسمان سر پر اٹھا لیتی۔ اس کے جلال و غضب سے بچنے کے لیے فرار پسند خاوند نہ صرف دفتر کے بعد اپنے دوستوں کے سنگ وقت گزارتا بلکہ رات کو اکثر رت جگے کے بہانے دور پہاڑی پر واقع دیوی کے مندر چلا جاتا۔ نتیجے میں ماں کا سارا غصہ بچوں کو جھیلنا پڑتا تھا۔

بہو آئی تو وہ بھی جھڑبیری کا کانٹا نکلی۔ سیاہ فام تو تھی ہی اس پر زبان دراز بھی تھی۔ کریلا اور وہ بھی نیم چڑھا۔ ساس سیر تھی تو بہو سوا سیر۔ رجنی بات بات پر نافرمانی کرتی اور ساس سے لڑنے کے لیے موقعے کی تاک میں رہتی۔ نتیجے میں کچھ جھڑپوں کے بعد ہی ہٹی کٹی ساس بلڈ پریشر کے عارضے میں مبتلا ہو گئی اور کئی روز بستر پر پڑی رہی۔ پھر کیا تھا، گھر کا کام یا تو روشن لال کو کرنا پڑا یا پھر اس کے بھائی بہنوں کو کیونکہ رجنی سر درد کا بہانہ کر کے خود کو کمرے میں بند کر کے لیٹ گئی۔ آہستہ آہستہ ساس کی بیماری معمول بن گئی، روشن لال اور اس کے بھائی بہن کھانا بناتے، کپڑے دھوتے اور بعض اوقات سارے مکان کی صفائی اور لپائی پتائی بھی کرتے۔

رجنی کی بڑی بہن دہلی میں مقیم تھی۔ ایک دفعہ اپنے شوہر کے ساتھ گرمیوں کی چھٹیاں بتانے کشمیر چلی آئی۔ چھوٹی بہن نے گھر گرہستی کے بارے میں نمک مرچ لگا کر درد بھری کہانیاں سنائیں تو وہ پسیج گئی۔ پاس ہی بیٹھے اس کے شوہر نے رجنی کو صلاح دی۔ ''کیا رکھا ہے کشمیر میں؟ نہ روزگار دستیاب ہے اور نہ صلاحیت کی قدر ہوتی ہے۔ گدھے گھوڑے سب برابر۔ ایک ہی رسّی سے ہانکے جاتے ہیں۔ اپنے پتی دیو سے کہہ دو کہ کنویں کا مینڈک نہ بنے۔ دہلی میں نوکری ڈھونڈ لیں۔ اچھی تنخواہ مل جائے گی۔''

''وہ نہیں مانیں گے۔ کہتے ہیں یہاں پر ماتا پتا ہیں، بہن بھائی ہیں۔ ان کی ذمہ داری کون لے گا۔'' رجنی نے رنجیدگی کے ساتھ جواب دیا۔

''میں ان کی دُبدھا سمجھ سکتا ہوں۔ آخر ماں باپ، بھائی بہن کا بھی کوئی حق ہوتا ہے۔ مگر ذرا یہ بھی تو سوچ لو کہ اگر وہ دہلی جائیں گے تو یہاں سے کئی گنا زیادہ تنخواہ پائیں گے۔ پھر وہاں پر اتنی بچت ہو سکتی ہے کہ ہر ماہ کچھ روپیہ گھر بھیج سکتے ہیں اور آگے جا کر بھائی بہنوں کی شادیاں بھی دھوم دھام سے کر سکتے ہیں۔ اسی میں سب کی بھلائی ہے۔''

مشورہ معقول تھا۔ رجنی نے اپنے شوہر کو دہلی لے جانے کے لیے ایڑی چوٹی کا پسینہ بہایا اور آخر کار کامیاب ہو گئی۔ روشن لال اس لیے بھی راضی ہوا کیونکہ اس نے شادی کے بعد پرائیویٹ طور پر بی ایڈ اور ایم اے کی ڈگریاں حاصل کر لی تھیں مگر محکمے نے اس کی تعلیمی قابلیت کو نظر انداز کیا تھا۔ موقع ملتے ہی دونوں میاں بیوی والدین اور بھائی بہن کو چھوڑ کر دہلی پہنچ گئے۔

ساس سسر کا بکھیڑا ختم ہو گیا۔ رجنی اپنی اس کامیابی پر بغلیں بجانے

لگی۔وہ ایک نئے ماحول میں پہنچ گئی تھی جہاں صرف وہ تھی، اس کا شوہر تھا اور اس کی چھوٹی سی دنیا تھی۔ ہر لڑکی کی طرح اس نے بھی بچپن میں ایک حسین گھر بسانے کا خواب دیکھا تھا اور اب وہ خواب شرمندۂ تعبیر ہو رہا تھا۔اس نے دنیا کی پرواہ کیے بغیر اپنی اڑان کی سیمائیں طے کرنا شروع کر دیں۔

اجنبی شہر میں ہر جانب بھیڑ ہی بھیڑ نظر آ رہی تھی۔ ہر چہرہ انجانا لگ رہا تھا اور جو چند جانے پہچانے لوگ تھے بھی وہ خال خال ہی دکھائی دے رہے تھے۔کسی قیدی پرندے کا پنجرہ اچانک کھول دیا جائے وہ پھُر سے اُڑ جاتا ہے اور کھلے آسمانوں میں بے تحاشہ پرواز کرتا رہتا ہے۔اسے نہ بھوک کی فکر رہتی ہے اور نہ سفر کی تھکاوٹ ستاتی ہے۔اس کو یہ خیال نہیں رہتا کہ آزادی اپنے صیاد بھی پیدا کرتی ہے۔ دونوں میاں بیوی اس بھیڑ میں کھو جانے کے خواہاں تھے۔اب نہ ماں باپ کی ہدایتیں تھیں اور نہ ساس سسر کی نصیحتیں۔

روشن لال کی تقرری ایک گورنمنٹ اسکول میں بطور استاد ہو گئی۔دو سو روپے ماہانہ ملنے لگے جو آج کے بیس ہزار کے برابر تھے۔ رجنی کھلی فضا میں سانس لینے لگی۔اس نے سہیلیوں اور نئے جانکاروں کا ایک جال سا پھیلا دیا۔اُدھر شوہر صبح سویرے لنچ کا ڈبہ لے کر دفتر نکل جاتا اِدھر رجنی دہلی کی سڑکیں ناپنے نکل جاتی۔کبھی بہن کے گھر، کبھی سہیلیوں کے پاس اور کبھی رشتے داروں کے ٹھکانوں پر۔ نہ کوئی پوچھنے والا تھا اور نہ ہی ٹوکنے والا۔البتہ پابندیٔ وقت کا احساس اتنا شدید تھا کہ پتی کے گھر پہنچ جانے سے پہلے ہی وہ گھر میں حاضر ہو جاتی۔

آزادی یک طرفہ نہیں ہوتی۔ روشن لال بھی کھلی فضاؤں میں پر تولنے لگا۔اجنبی دنیا، اجنبی لوگ، اجنبی رشتے۔نہ ماں نہ باپ، نہ بھائی نہ بندھو۔اس کے دوستوں کا دائرہ بڑھ چکا تھا مگر اکثر و بیشتر ایسے تھے جو بادہ و جام کے رسیا تھے۔ روشن لال کو شب زفاف ہی سے بیوی کی صورت پسند نہ تھی۔دونوں کے درمیان کبھی کوئی جسمانی یا جذباتی ہم آہنگی پیدا نہیں ہو سکی حالانکہ روشن لال نے اس بات کا کبھی کھل کر اظہار نہ کیا۔ بہر حال اسی تشنگی کے باعث وہ اپنے دوستوں کے ہمراہ بالا خانوں پر دستک دینے لگا اور بعض اوقات وہیں پر راتیں بھی گزارنے لگا۔جس رات جلدی گھر آ جاتا وہسکی کی بوتل کھول کر بیٹھ جاتا اور چار پانچ پیگ پی کر لڑھک جاتا۔اخراجات اتنے بڑھ گئے تھے کہ اپنے سوا باقی ساری دنیا بھول گیا۔آبائی گھر کی یادیں سب ورق پارینہ بن کر رہ گئیں۔

دہلی آئے ہوئے ابھی زیادہ وقت نہیں گزرا تھا کہ نزدیکی اسکول کی ایک استانی پورنیما مہتا دل دے بیٹھی۔اجلا چہرہ مہرہ، پنجابی چال ڈھال اور خوش گلو۔اندھا کیا چاہے دو آنکھیں۔پورنیما کے قرب سے روشن لال اپنی زندگی کے خلا کو پُر کرنے لگا۔نزدیکیاں اتنی بڑھ گئیں کہ باقی بھی وجود دھندلے پڑ گئے۔یہ سب اتنی تیزی سے ہوا کہ رجنی کو کچھ بھی خبر نہ ہوئی۔جب آنکھ کھلی تو سب کچھ لُٹ چکا تھا۔روشن لال نے اس اب مکمل کنارہ کشی اختیار کر لی تھی۔گھر آتا تھا تو مہمان کی مانند اور رہتا تھا تو بیگانوں کی طرح۔رجنی میں اسے ایسی ڈائن نظر آ رہی تھی جو کھائے تو منہ لال، نہ کھائے تو منہ لال۔وہ حیران و پریشان تھی کہ یہ سب اچانک کیسے ہو گیا۔رکھیل سے چوکس رہنا اور طوائفوں کی خبر گیری کرنا گرہستنوں کے بس کی بات نہیں ہوتی۔ بڑی ہمت کر کے اس نے رکھیل کے گھر اور آفس پر کئی بار ہلا بول دیا اور جتنا ہو سکا اس کو برا بھلا کہہ کر واپس آ گئی مگر طوائفوں کے منہ لگنے کے لیے دل گردہ چاہیے، وہ کہاں سے لاتی۔اور پھر ایک ہوتی تو چلی بھی جاتی، وہاں تو پورا بازار سجا تھا کہاں کہاں چلی جاتی۔

روشن لال ان سب باتوں سے لاتعلق اپنی دھُن میں مست چلا جا رہا تھا۔ مستی کا کیا! وہ تو اندھا بنا دیتی ہے۔اس نے نہ جانے کس کوٹھے پر آتشک بیماری مول لی۔ بہت علاج کروایا مگر کوئی افاقہ نہ ہوا۔آخر کار اس بارے میں سوچنا ہی چھوڑ دیا اور زندگی کے باقی ماندہ دن اسی طرح مزے سے گزارنے لگا جس طرح پہلے گزارتا تھا۔ بیوی گھر گھر جا کر روتی رہی اور اپنے شوہر کو بدنام کرتی رہی مگر وہاں کسی کا کیا بگڑنے والا تھا۔وہ رشتے داروں کی ہمدردی پانے کے لیے کشمیر بھی جانے لگی مگر وہاں بھی کسی نے کان نہیں دھرا۔ بس تھوڑی بہت ہمت بندھائی اور دو چار بول ہمدردی کے بول دیے۔دراصل جو سننے والے تھے وہ تو رحمت حق ہو چکے تھے اور جو بچ گئے تھے وہ انھیں کب کا بھول چکے تھے۔ یہ وہی آبائی وطن تھا جہاں سے رجنی اپنے خاوند کو بھگا کر لے گئی تھی پھر وہاں کون تھا جو اب ان کی مدد کرنے کے لیے تیار ہو جاتا۔ میاں بیوی دونوں کی حالت اس سانپ کی سی ہو گئی جس کے منہ میں چھچھوندر ہو، نگلے تو اندھا اُگلے تو کوڑھی۔اندر اندر دل جلتا رہا اور اوپر اوپر فرحت کا خول چڑھاتے رہے۔

آخر کار وہی ہوا جس کا روشن لال کو کب سے انتظار تھا۔باون سال کی عمر میں ہی وہ بھگوان کو پیارا ہو گیا۔اپنی نگوڑی ناٹھی بیوی کے لیے صرف پنشن کی رقم چھوڑ گیا۔اس نے مرنے سے پہلے اپنی وصیت اسکول کے غریب بچوں کے نام کر لی تھی۔

’’میں، روشن لال سپرو ولد جگن ناتھ سپرو ساکن ۵۳، بلاک سی، ٹیگور گارڈن، دہلی اعتراف کرتا ہوں کہ میری شادی میری زندگی کا سب سے بڑا المیہ تھا۔میری ازدواجی زندگی ہمیشہ کانٹوں کا بستر بنی رہی۔میری بیوی چغد ہے۔ دوسروں کی چکنی چپڑی باتوں میں آ کر اس نے اپنی اور میری زندگی تباہ کر دی۔ چنانچہ اس کا کوئی بچہ نہیں ہے اس لیے اس کی ضروریات زندگی محدود ہیں۔ مجھے اندیشہ ہے کہ لوگ اس کو بہلا پھسلا کر اس کی جائیداد ہڑپ لیں گے۔اس لیے میں وصیت کرتا ہوں کہ میرے مرنے کے بعد گورنمنٹ سے واجب الادا رقوم میں سے صرف پنشن اور گریجوٹی کی رقم میری بیوی رجنی سپرو کو دی جائے جو اس کو کفایت شعاری سے جینے کے لیے کافی ہے۔ باقی واجب الادا رقوم اور جائیداد، جس میں میرا ذاتی فلیٹ، انشورنس، بنک و ڈاکخانے کے کھاتے

اور معیادی ڈپازٹ شامل ہیں اور جن کی تفصیل میں منسلک کر رہا ہوں، کی بکری کر کے حکومت کی نگرانی میں میرے نام سے ایک ٹرسٹ قائم کر دیا جائے اور اس ساری رقم کو بنک میں ٹرسٹ کے نام پر جمع کیا جائے۔ اس رقم پر جو بھی سالانہ بیاج ملے گا اس کو ہر سال میرے اسکول کے سب سے غریب اور ذہین تین بچوں میں وظیفے کے طور پر تقسیم کیا جانا چاہیے۔ ٹرسٹ کے ممبران ڈائریکٹر ایجوکیشن اور اس اسکول کا پرنسپل اور وائس پرنسپل ہوگا جس اسکول میں میں نے سب سے آخر میں کام کیا۔
دستخط روشن لال سپرو، پرنسپل۔''

اس طرح سے روشن لال نے اپنے تمام گناہوں کا کفارہ ادا کرنے کی کوشش کی مگر رجنی اس لحاظ سے بھی بڑی ڈھیٹ نکلی۔ بیاسی سال کی عمر تک بہن کے گھر میں پڑی رہی۔ شوہر کے مرنے کے ترت بعد رشتے داروں نے بہت پیار جتایا مگر جونہی انھیں وصیت کے بارے میں پتہ چلا تو سبھی نے دوریاں اختیار کر لی۔ البتہ بہن تو اپنا خون تھی وہ طوطے کی طرح چشم نہیں پھیر سکی۔ آخری دم تک رجنی کو جھیلتی رہی۔

میں البتہ آج تک یہ گتھی نہیں سلجھا سکا کہ دونوں میں سے کون خوش نصیب تھا۔ شوہر، جو زندگی کی صعوبتوں سے جلدی چھٹکارا پا کر رخصت ہو گیا یا پھر رجنی جو شوہر کی بے التفاتی کے باوجود بیاسی سال تک بے روک ٹوک جیتی رہی۔ سچائی کی خبر بس اوپر والے کو ہی ہے۔

○

دو پل میٹھے

(پنجابی)

تحریر و ترجمہ: حنیف باوا

آج بڑا خوشگوار دن تھا۔ آسمان پر کالے کالے بادل تیر رہے تھے۔ گرمی کی شدت میں بہت حد تک کمی ہوگئی تھی۔ چھوٹی چھوٹی بوندوں کی بارش پھوار کی صورت میں برس رہی تھی جو دن کی خوبصورتی میں اضافہ کر رہی تھی۔

صبح کا وقت تھا جب میں جھنگ شہر کے تانگوں والے اڈّے پر اومنی بس سے اُترا تھا۔ وہ بھی میرے ساتھ ہی اس بس سے باہر آ گئی۔ ہم دونوں میونسپل کمیٹی کے پرائمری سکولوں میں پڑھا رہے تھے۔ میں لڑکوں والے وہ لڑکیوں کے سکول کی استانی تھی۔

ہم ایک دوسرے سے شناسا نہیں تھے۔ میں نئے شہر کے انصاری محلے سے آتا تھا اور وہ مگھیانے شہر کے شہید چوک سے سوار ہوتی تھی۔ یہ اتفاق سمجھو یا وقت کی مجبوری کہ ہم تقریباً ہر روز ایک ہی بس میں سفر کرتے تھے۔

بادل مزید گہرے ہو چکے تھے۔ چھوٹی چھوٹی بوندوں میں اور تیزی آ گئی تھی۔

بس سے اتر کر وہ جلدی سے اڈے کے ٹین کی چھت کے نیچے آ کر کھڑی ہوگئی تھی۔ میں بھی اُس سے کچھ فاصلے پر اُسی ٹین کی چھت کی پناہ میں آ گیا تھا۔ اُس روز میں نے اُسے کافی نزدیک سے دیکھا تھا۔ اُس وقت وہ مجھے بہت خوبصورت لگی تھی ۔ گول منہ، تیکھے نقوش، گورا نشوہ رنگ ۔ مجھے ایسا محسوس ہوا جیسے اُس کا حسن میرے اندر اترتا جا رہا ہو۔ کاش وہ میرے پاس اسی طرح کھڑی رہے پر۔

وہاں کچھ دیر رُکنے کے بعد جب اُس نے آسمان کی طرف نگاہ اٹھائی تو اُسے لگا جیسے مینہ کے تھم جانے کا کوئی امکان نہ ہو۔ چنانچہ وہ فوراً وہاں سے چل پڑی۔ میں بھی اُس کے پیچھے پیچھے ہولیا۔

دراصل ہم دونوں کے سکولوں کی طرف ایک ہی راستہ جاتا تھا۔ میرا سکول اُس کے سکول سے آدھا فرلانگ دور تھا۔

وہ آگے آگے تھی اور میں اُس کے پیچھے۔ میں ہر روز اسی طرح کرتا تھا۔ اگر میں ایسا نہ کرتا تو میں اُس کی مورنی جیسی چال اور اُس کے جُثے کی بھبن کا کیسے مزہ لے سکتا تھا۔

اُس نے آج تک جان بُوجھ کر کبھی پیچھے مُڑ کر نہیں دیکھا تھا کہ اُس کے مگر آنے والا کون ہے اور کیسا ہے۔ لیکن پھر بھی میں اپنے اندر اُس کے لیے ایک کشش سی محسوس کر رہا تھا۔ جس نے کہ شاید اُس کے دل کو کبھی نہیں چھیڑا تھا۔ وہ تو بس اپنے آپ میں مست بے دھیان ہو کر قدم اُٹھاتی جاتی۔ اگر کسی لمحے وہ بھولے سے پیچھے مڑ کر دیکھ بھی لیتی تو ایک پل کے لیے اُس کی نظریں میرے نزدیک کھیلتی دکھائی دیتیں اور پھر واپس چلی جاتیں۔ مجھے اُس کا یوں دیکھنا بہت اچھا لگتا تھا۔

باریک پھوار اور ٹھنڈی ہوائیں مل کر موسم کو مزید سہانا بنا رہی تھیں۔

لیکن سڑک پر اُس وقت خال ہی کوئی بندہ دکھائی دے رہا تھا۔ شاید ہر فرد کے لیے یہ خوبصورت موسم اتنی کشش نہ رکھتا ہو جتنا کہ میرے لیے۔ بھلا یہ موسم میرے لیے اس قدر کشش کیوں نہ رکھتا۔ میرے آگے جو مٹیار اس سہانے موسم میں بارش میں بھیگتی جا رہی تھی اُس کے انگ انگ کو یہ اتھری پھوار چوم رہی تھی۔

سڑک کی دونوں جانب کی دکانوں میں بیٹھے دکان دار باہر آئے بغیر ہی خوشگوار موسم کا مزہ لے رہے تھے۔ خاص کر میرے آگے آگے جانے والی کے جسم کے ساتھ چپکے ہوئے کپڑے سے جو حسن چھن کر باہر آ رہا تھا اُسے دیکھنے کے لیے اُن کی نظریں دُور تک اُس کا پیچھا کرتیں تو اُن کے چہروں پر ایک عجیب طرح کی رونق آ جاتی۔ میری نظریں بھی اُس کے اس حسن کو اپنے دل کے کسی کونے میں سنبھال کر رکھ رہی تھیں۔

مینہ اُسی رفتار سے برس رہا تھا۔ موسم کچھ ایسا خوبصورت ہو رہا تھا کہ میرا من چاہنے لگا کہ خدا کرے یہ موسم کبھی ختم نہ ہو ہم دونوں اسی طرح مینہ میں بھیگتے رہیں۔ وہ میرے آگے رہے اور میں اُس کے پیچھے

ہم جب ذرا سا اور آگے گئے تو سامنے سڑک دائیں جانب شاہ کبیر کا دربار تھا اُس دربار کی کھلی فضا کو دیکھ کر میرے اندر اچانک یہ خواہش جاگ پڑی کہ کیوں نا میں اُسے روک کر کہوں:

"آؤ ذرا اس دربار میں کچھ دیر کے لیے رُک جائیں۔ جب مینہ ذرا ہلکا ہوگا تو چل پڑیں گے"

دراصل اُسے روکنے کی اس چاہت کے پیچھے اُسے مینہ سے بچانے کی خواہش نہیں تھی بلکہ میں تو چاہتا تھا کہ وہ اسی طرح بھیگتی رہے اور میں اُس کے لباس سے باہر اوڑھے ہوئے گورے رنگ کو نظر بھر کر تکتا رہوں۔ میں یہ بھی چاہتا تھا کہ اس سنسان مزار کے پوتر استھان میں داخل ہو کر کچھ لمحات تک اُس کی قربت سے لطف اندوز ہو سکوں جو اُس مزار کی چار دیواری میں مجھے میسر آئی اور اُس کی اس قربت سے فائدہ اٹھا کر کہوں:

"اس وقت آپ مجھے بہت اچھے لگ رہے ہو"۔۔۔ میرا جی چاہتا کہ آپ میرے پاس اس طرح موجود رہیں"

"میری ان باتوں کا بے شک وہ کوئی جواب نہ دے، بس چہرے پر ہلکی سی مسکان بکھیر کر میری جانب نظریں اٹھا کر دیکھ لے بس"

میں اپنے اس مقصد کو حاصل کرنے کے لیے قدرے تیز قدم اٹھاتا ہوا اُس کے قریب گیا۔ اُس سے بات کرنا چاہی لیکن میں کون سے تعلق کو مدِ نظر رکھ کر، کون سی امید کا دامن تھام کر اُس سے دو بول بولنے کی جسارت کرتا۔ میرے ہونٹ تو جیسے سِل گئے تھے۔ میں چپ کی ٹکٹکی مار کر اُسی فاصلے پر آ گیا جہاں میں پہلے تھا۔

بارش قدرے کم ہو گئی تھی لیکن موسم بدستور خوشگوار تھا۔ مجھے یہ موسم بڑا پیارا لگ رہا تھا بھلا ایسا موسم کسے اچھا نہ لگے جس میں ایک دوشیزہ اپنے جوبن کے تمام رنگ گھول رہی ہو۔ لیکن یہ بھی تو ہوسکتا تھا کہ یہ موسم اُس کے لیے کسی مصیبت سے کم نہ ہو۔ اسی لیے وہ اپنی برہنگی کو اپنی چادر سے چھپانے کی کوشش کر رہی تھی لیکن چادر بھی بھیگ کر بذاتِ خود بے بس دکھائی دے رہی تھی۔

اب ہم سڑک کے اُس حصے میں داخل ہو چکے تھے جس میں ایک جانب تمام رہائشی مکان تھے اُن کے دروازے تو ضرور کھلے تھے لیکن اُن کے سامنے پردے لٹک رہے تھے۔ وہاں پہنچ کر اُسے لگا جیسے اب اُس کی طرف کوئی نہ دیکھ رہا ہو۔ اسی لیے اب وہ تھوڑا بے فکر ہو کر چل رہی تھی۔ اب اُس نے اپنے بھیگے ہوئے کپڑوں کو اُن کے حال پر چھوڑ دیا۔ اب جب دائیں بائیں سے قدرے اُس کی توجہ ہٹی تو اُس نے پیچھے مڑ کر دیکھا۔ پیچھے میں تھا اُس کے روز کے سفر کا ساتھی۔ شائد مجھے دیکھ کر اُس کی چال میں کچھ لڑکھڑاہٹ آ گئی تھی۔ ہوسکتا تھا میری موجودگی کے احساس نے اُسے چھیڑا ہو۔ یہ بھی ہوسکتا تھا کہ اُس کے اندر میرے نزدیک آنے کی خواہش نے سر اٹھایا ہو۔

کچھ اور آگے جا کر اُس نے پھر پیچھے کی جانب نظر پھیری۔

میرے من کے اندر اُس کے لیے جو گداز پیدا ہو گیا تھا اُس کی اس ایک نظر نے اُس میں اضافہ کر دیا تھا۔

جب ہم نے پیراں والی گلی کا موڑ مڑ کر نور پور والے راستے کو اختیار کیا تو دائیں جانب سے ایک جانی پہچانی آواز آئی۔

باوا جی آ جاؤ۔ بارش رُک لینے دیں پھر چلے جانا۔

میں نے اُس آواز کی طرف دیکھا تو سامنے میرا ایک دوست اپنے گھر کی دہلیز کے اندر کھڑا تھا اُس کے چہرے پر ایک طنز بھری مسکراہٹ مچل رہی تھی جیسے وہ میرے نام کے پردے میں میری ہم سفر سے مخاطب ہو۔

"نہیں یار۔۔۔۔ سکول سے پہلے ہی دیر ہو گئی ہے"

اُس کے منہ سے میرا نام سن کر جیسے وہ چھوئی موئی سی ہو گئی تھی۔ شائد وہ اس آواز کے اندر سے جھانکتے اشاروں کو سمجھ گئی تھی۔ یا پھر میرا نام سن کر اُس کی چال میں وقتی طور پر تبدیلی آ گئی تھی۔ اُس کی اس چال نے بھی مجھ پر کچھ جادو سا کر دیا تھا۔

یہ میری خواہش تھی یا پھر اس میں کچھ سچائی کا شائبہ بھی یہ میں نہ جان سکا۔ ہاں اتنی بات ضرور محسوس ہوئی جیسے میرے من کی کھلی کھڑکی سے ایک مدھر آواز اُڑ کر اُس کے بدن سے کھیلنے لگی تھی۔

اب ہم اس کے سکول سے کچھ ہی فاصلے پر تھے۔ اسلم شیشے والے کے گھر سے گزر کر چند قدم کے فاصلے پر اُس کا سکول تھا۔

اُس کے ایک آدھ بار پیچھے مڑ کر دیکھنے اور میرا نام سن کر چھوئی موئی ہو جانے پر مجھے لگا کہ جیسے یہ اُس کی طرف سے میرے لیے کچھ سندیسے ہوں۔ اچانک میرے اندر سے جو یہ سوچ اُبھری اُس نے مجھے حوصلہ دیا کہ میں اُس سے کوئی بات کروں۔ لیکن کچھ تیز قدم اُٹھانے کے بعد پھر خیال آیا کہیں اُس سے بات کرنی مہنگی نہ پڑ جائے۔ اُس کی جانب جو قربت کا احساس مجھے ہوا کہیں وہ ختم نہ ہو جائے۔ پھر سے دوریاں پلّے نہ پڑ جائیں۔ میرے پاؤں پھر سے سست ہو گئے۔ میرے اور اُس کے درمیان جو فاصلے کم ہوئے تھے میری سُست روی نے ان فاصلوں کو پھر سے بڑھا دیا۔

اب میں تذبذب میں پڑ گیا۔ اُس کے ساتھ بات کروں یا نہ کروں۔ اُس کے قریب جاؤں یا نہ جاؤں۔

آخر میں اس تذبذب سے نکل کر میں نے ارادہ کیا کہ چاہے کچھ ہو جائے میں اُس کے ہونٹوں کو اپنے دو بولوں کا لمس ضرور دوں گا۔ شائد یہ لمحات پھر کبھی ہاتھ نہ آئیں۔ چنانچہ میرے اور اُس کے مابین پھر سے جو فاصلے حائل ہو گئے تھے میں نے انہیں اپنے تیز قدموں سے ختم کیا اور اُس کے نزدیک جا کر میں نے بڑے ہی نرم لہجے میں کہا:

"آپ بہت زیادہ بھیگ گئی ہیں"

اُس کی جانب سے جواب سننے کے لیے میرے دل کی دھڑکن تیز ہو گئی۔ میری یہ بات سن کر وہ جیسے چھوئی موئی سی ہو گئی۔ اُس نے ایک پل کے لیے کوئی جواب نہ دیا۔ میں گھبرا سا گیا کہیں کوئی اور چاند نہ چڑھ جائے۔ میں نے سوچا۔

اچانک اُس کے ہونٹ ہلے۔ ایک باریک سی آواز میری سماعت سے ٹکرائی۔ مجھے لگا جیسے کوئی چوڑیاں چھنک پڑی ہوں۔ کوئل نے جیسے اپنے مدھر سُر ہواؤں میں بکھیرے ہوں۔ جیسے کسی بانسری نے اپنی لے کو فضاؤں کے حوالے کیا ہو۔

"جی۔۔۔ آپ بھی تو۔۔۔ میری طرح ہی۔۔۔"

اُس کے چہرے پر مسکان سے بھیگی شرم و حیا نے بات کو پورا نہ ہونے دیا تھا۔

اتنے میں اُس کا سکول آ گیا۔ پہلے وہ میری جانب دیکھ کر مسکرائی پھر جلدی سے سکول کی دہلیز کو عبور کر گئی۔

وہ مجھے بھیگے ہوئے دیکھ کر مسکرائی تھی یا پھر میرے ساتھ کچھ لگاؤ پیدا ہو گیا تھا کچھ بھی تھا۔ میں جیسے نشے میں شرابور اُس کی میٹھی آواز کے سحر میں ڈوبا ہوا اپنے سکول کی جانب چل پڑا۔

اس کے بعد وہ مجھے کبھی نظر نہ آئی۔ شائد اُس کا کسی دوسرے سکول میں تبادلہ ہو گیا تھا کچھ بھی تھا لیکن وہ اپنے ادھورے شیریں بول اور نکھی مسکان ہمیشہ کے لیے میرے دل کے ویہڑے میں بو گئی۔

پگھلتے لمحوں کی تصویر

مراق مرزا

''زندگی دراصل پگھلتے لمحوں کی تصویر ہے۔ انسان محض ایک بوند کی صورت وجود میں آتا ہے۔ پھر شکمِ مادر سے رشتہ منقطع کر کے جب وہ اس عالم ناسوت میں قدم رکھتا ہے تو لمحہ بہ لمحہ اس کے پگھلنے کا سلسلہ شروع ہو جاتا ہے۔ پیدائش سے لے کر حیات کی آخری ساعت تک وہ وقت کی آنچ پر پگھلتا رہتا ہے اور مختلف تصویروں میں ڈھلتا رہتا ہے۔ اس کی مدتِ حیات سے لمحے کٹ کٹ کر وقت کی بے کراں وسعتوں میں تحلیل ہوتے رہتے ہیں اور وہ لاشعوری طور پر دھیرے دھیرے موت کی سمت بڑھتا رہتا ہے''۔

مقالہ کا پہلا پیراگراف لکھ کر اس نے قلم اور رائٹنگ پیڈ Bed Side Table پر رکھ دیے۔ پھر بستر پر دراز ہو کر سوچوں کے آسمان میں پرواز کرنے لگا۔ وہ اکثر رات کے وقت ماضی کی بھول بھلیاں میں کھو جاتا اور زندگی کے مختلف تجربات و مشاہدات کو کوئی افسانہ یا مضمون کی شکل دینے کی کوشش کرتا۔

وہ ایک اسکالر تھا۔ اس نے شہرہ آفاق کہانی کار پریم چند پر Ph.D کیا تھا۔ اگر چہ وہ اپنے افکار و خیالات اور جذبات و احساسات کو کسی تخلیق کے پیرایہ میں ڈھالنے کے فن سے بخوبی واقف تھا تاہم پچھلے کئی مہینوں سے وہ کسی بھی کہانی یا مضمون کو اختتام تک نہیں پہنچا پاتا تھا۔ غالباً اس کی ہر تخلیق ادھوری رہ جاتی تھی۔ ایسا لگتا تھا جیسے اس کا دماغی توازن بگڑ گیا ہو یا اسے احساس ہو گیا ہو کہ اس کی زندگی موت کے دہلیز پر قدم رکھ چکی ہے اور اب کسی بھی پل سانسوں سے اس کا رشتہ ٹوٹ سکتا ہے۔ یہ ایک ناقابلِ انکار حقیقت ہے کہ جب موت کا خوف کسی انسان کے قلب و ذہن پر مسلط ہو جاتا ہے تو اس کی عقل و دانش جواب دے جاتی ہے۔

رات کے قریب ڈھائی بج رہے تھے اور وہ بستر پر لیٹا خیالوں کی کائنات میں گم تھا۔ یہ ایک Old age Home کا کشادہ کمرہ تھا جہاں ڈاکٹر مجیب کے بستر کے علاوہ مزید چار پانچ بستر لگے ہوئے تھے اور ان بستروں پر مُردوں کی سی حالت میں پڑے لوگ محوِ نیند تھے۔ کمرے میں گہرے سکوت کا قبضہ تھا۔ ڈاکٹر مجیب کے فہم و شعور کا طائر برق رفتاری سے پرواز کرتے ہوئے انہیں ایک ایسے مقام پر لے گیا جہاں زندگی ایک فوٹو البم کی مانند ان کے سامنے کھلنے لگی اور بہت ساری تصویریں ان کے ذہن کے پردے پر ابھرنے لگیں۔ امی ابو کے ساتھ ان کے بچپن کی تصویریں پھر جوانی کے دنوں کی رنگین تصویریں، پھر آمنہ کے ساتھ ان کی شادی کی تصویریں۔۔۔ وہ جیسے جیسے اپنے آپ کو مختلف تصویروں میں دیکھ رہے تھے ان کے مقالہ کو معنی و مفہوم ملتا جا رہا تھا۔ بچپن سے جوانی اور جوانی سے بڑھاپے تک وقت نے انہیں نہ جانے کتنی تصویروں میں ڈھال دیا تھا۔

پھر اچانک ان کے ذہن کے عقاب نے اُڑان کی سمت بدلی تو ان کے شعور کی وادی کا منظر بھی بدل گیا اور اب ان کے فہم کے پردے پر امان کی تصویر گھومنے لگی۔ امان ان کا اکلوتا بیٹا تھا۔ جب وہ پیدا ہوا تھا تو ڈاکٹر مجیب اور آمنہ کا گھر فرحت و نشاط سے جھوم اٹھا تھا۔ ڈاکٹر مجیب کے ذہن میں اس کی مولودیت سے لے کر ایامِ جوانی تک کی بے شمار تصویریں ابھرنے لگیں اور ایک دوسرے میں تحلیل ہونے لگیں۔ وقت کے ساتھ اس کی تصویریں بھی بدلتی رہیں اور وہ زندگی کے میدان میں آگے بڑھتا رہا۔

ڈاکٹر مجیب اور آمنہ نے اپنے بیٹے کی تعلیم و تربیت کے تعلق سے کبھی کوئی سمجھوتا نہیں کیا۔ امان کمپیوٹر انجینئر بننا چاہتا تھا۔ والدین نے اس کی یہ خواہش پوری کی۔ پھر دھوم دھام سے اس کی شادی ہوئی اور گھر میں ایک خوبصورت بہو آ گئی۔ دیکھتے ہی دیکھتے امان ایک بیٹا اور ایک بیٹی کا باپ بن گیا اور ڈاکٹر مجیب اور آمنہ دادا دادی بن گئے۔

وقت اپنی مخصوص رفتار میں آگے بڑھتا رہا۔ موسموں کے قافلے آگے آتے رہے اور جاتے رہے۔ امان کے دونوں بچے بڑے ہو گئے۔ پھر گھر چھوٹا پڑنے لگا۔ ایک سڑک حادثہ میں ڈاکٹر مجیب کا پیر ٹوٹ گیا اور وہ اپاہج ہو گئے۔ زندگی چلتے رہنے کا نام ہے۔ اپاہج انسان کی زندگی سوکھی ندی کی مانند ہو کر رہ جاتی ہے۔ اس کے لیے وقت تھم جاتا ہے۔ سارے موسم پتھر سے ہو جاتے ہیں۔ ڈاکٹر مجیب کے لیے بھی اب یہ دنیا بے رنگ و نور ہو چکی تھی۔ جھرنے، دریا اور سمندر ساکت و جامد ہو گئے تھے۔ اب ہر طرف تاریکیاں تھیں، اُداسی تھی، مایوسی تھی۔ پہلے ملازمت سے رشتہ ٹوٹا پھر خون کے رشتے کمزور پڑنے لگے۔

جب تک آمنہ حیات تھیں وہ کسی طرح زندگی سے لڑنے کی کوشش کرتے رہے۔ پھر ایک دن وہ بھی ان کا ساتھ چھوڑ کر دور کہیں ستاروں میں جا بسیں اور تب ڈاکٹر مجیب کے گرد پوری طرح اندھیرا چھا گیا۔ بتدریج بیٹا، بہو اور پوتا پوتی کی توجہ بھی دور ہوتی چلی گئی اور وہ ایک پُرانے ٹوٹے ہوئے فرنیچر کی طرح اپنے کمرے میں قید ہو کر رہ گئے۔ ان کی نظر میں یہ زندگی کی بدترین تصویر تھی اور خود کو اس تصویر سے علیحدہ کرنا ان کے اختیار میں نہ تھا۔

اسی دوران امان کو کینیڈا کی ایک کمپنی سے ملازمت کا آفر آ گیا اور وہ کینیڈا چلا گیا۔ پھر اس نے کینیڈا ہی میں سکونت پذیر ہونے کا فیصلہ کر لیا۔ اس کی شریکِ حیات عائشہ اس فیصلے سے بے حد خوش ہوئی۔ اب مسئلہ یہ تھا کہ ابو یعنی

ڈاکٹر مجیب کو نہ وہ اپنے ساتھ کینیڈا لے جا سکتے تھے اور نہ ہی انہیں گھر میں اکیلا چھوڑ سکتے تھے۔ لہٰذا امان اور عائشہ نے فون پر ایک دوسرے سے مشورہ کیا اور اس نتیجہ پر پہنچے کہ ابو کو کسی Old Age Home میں منتقل کر دینا بہتر ہوگا اور اس طرح ڈاکٹر مجیب کو بہو نے Old Age Home میں شفٹ کر دیا۔ آبائی مکان فروخت کر دیا گیا اور عائشہ اپنے دونوں بچوں کے ساتھ کینیڈا چلی گئی۔

Old Age Home میں رہ کر ڈاکٹر مجیب کو زندگی کی کڑوی حقیقت کا احساس ہوا۔ دنیا کے رشتے ناطے کتنے جھوٹے اور کمزور ہوتے ہیں وہ یہ سوچ کر حیران تھے جس امان کو اُنگلی پکڑ کر انھوں نے چلنا سکھایا تھا آج وہ انہیں بیساکھیوں کے سہارے چھوڑ کر اُن کی دنیا سے بہت دور جا چکا تھا۔ کیا یہی دنیا کی ریت ہے؟ کیا اولاد کا فرض اسے یاد نہیں رہا؟ کیا وہ یہ بھی بھول گیا کہ عمر کے آخری ایام میں ایک باپ کی بس یہی خواہش ہوتی ہے کہ اس کا بیٹا اس کے جنازے کو کندھا دے کر شہرِ خموشاں تک پہنچائے اور اپنے ہاتھوں سے اسے قبر میں اُتارے۔ جب کبھی ایسے سوالات اُن کے ذہن کو نشتر چبھوتے درد کا ایک سیلاب اُن کی آنکھوں میں جھلملانے لگتا۔ مگر وہ اپنے آنسو روک لیتے یہ سوچ کر کہ ایسی اولاد کے لیے آنسو بھی خرچ کرنا بے معنی ہے۔

قریب پندرہ سال بعد امان اپنے آبائی شہر لوٹا تھا۔ اس بار وہ گرمی کی چھٹیاں اپنے ہی ملک کے مختلف شہروں میں گزارنا چاہتا تھا۔ اسے اپنے شہر اور وطن کی یاد بھی آئی تو گرمی کی چھٹیاں بتانے کے لیے۔ اپنے ابو سے ملنے کے لیے نہیں۔ ممکن ہے اس نے سوچ لیا ہو کہ ابو اب شاید اس دنیا سے جا چکے ہوں۔ مگر فیصل اور عالیہ کے ذہن میں اپنے دادا ابو کی تصویر آج بھی زندہ تھی۔ جب دونوں بچوں نے دادا ابو سے ملنے کی خواہش ظاہر کی تو امان کو بھی خیال آیا کہ اسے کم از کم Old Age Home جا کر ابو سے ملنا چاہیے اور دیکھنا چاہیے کہ وہ کس حال میں ہیں۔۔۔ زندہ ہیں بھی یا ملکِ عدم سدھار گئے۔ دوسرے ہی دن وہ اپنی فیملی کے ساتھ Old Age Home گیا۔ اس نے اپنا تعارف دے کر جب منیجر سے ڈاکٹر مجیب کے بارے میں دریافت کیا تو منیجر نے ایک پیپر تھما دیا۔ یہ پیپر ڈاکٹر مجیب کا وصیت نامہ تھا جو کچھ اس طرح تھا۔

''ہم کیوں پیدا ہوتے ہیں اور کیوں مر جاتے ہیں؟۔۔۔ یہ ایک سوال ہے جس کا مدلل جواب جب سے انسان سوچنے سمجھنے کے قابل ہوا تب سے لے کر آج تک کوئی تلاش نہیں کر پایا۔ دنیا کے سارے رشتے ایک دوسرے کی ضرورت کے لیے بنے ہیں۔ اس لیے میری نظر میں ان رشتوں کی کوئی اہمیت نہیں۔ نہ کوئی ماں ہے نہ باپ، نہ بیٹا نہ بیٹی، نہ بیوی نہ شوہر۔۔۔ ہم سب ساعتِ وقت ہیں جو وقت کی کوکھ سے جنم لیتے ہیں اور اپنا سفر پورا کرنے کے بعد وقت ہی کی آغوش میں گم ہو جاتے ہیں۔ انسانی زندگی سے جڑی دو ہی باتیں سچ ہیں۔ ایک اس کا پیدا ہونا دوسرے اس کا مرنا۔ میں عمر کے اس پڑاؤ میں ہوں جہاں موت کے برفیلے ہاتھ کسی بھی پل مجھے اپنے سینے سے لگا سکتے ہیں اور میرا وجود مٹی میں تبدیل ہو سکتا ہے۔ جس دن ایسا ہو جائے میری گزارش ہے کہ میری تدفین کے لیے میرے کسی وارث کی تلاش نہ کی جائے کیونکہ میں اکیلا ہوں، بالکل اکیلا۔۔۔ میرا کوئی اپنا نہیں جو مجھے قبر تک پہنچا سکے!''

ڈاکٹر مجیب کا یہ وصیت نامہ پڑھ کر امان بالکل سکتے میں آ گیا۔ اس کے قلب و ذہن پر ایک عجیب سی کیفیت طاری ہو گئی اور آنکھوں میں پشیمانی کا عکس اُبھرنے لگا۔ پھر عائشہ نے بھی اس کے ہاتھ سے پیپر لے کر اپنے سُسر کی وصیت پڑھی اور اس کی آنکھیں بھی شرم سے جھک گئیں۔

ڈاکٹر مجیب کے اس مقالہ کو اختتام مل گیا تھا مگر ان کا وجود وقت کی وسعتوں میں تحلیل ہو چکا تھا۔

سبقت

شاہد جمیل

پتہ نہیں آج بیدو کے ہاتھوں کو کیا ہو گیا تھا کہ دُھلے ہوئے برتنوں کا ڈھیر بلند ہی نہیں ہو پا رہا تھا جبکہ بنا دُھلے برتن اُس کے چاروں طرف اور گھرے کے ہر کونے میں بکھرے پڑے اپنی جھٹال دکھا کر اُس کا منہ چڑا رہے تھے۔ ہر روز کی طرح برتن دھونے کے سارے لوازمات جیسے ادھ گھلی ہری صابن، راکھ اور ٹاکی سب موجود تھے مگر کام تھا کہ نمٹنے میں نہ آ رہا تھا۔ درمیان میں جب وقفے وقفے سے چودھرانی کی آواز کے نوکیلے الفاظ 'جلد کرو تمہارے ہاتھ تو نہیں ٹوٹ گئے' اُس کے کانوں کے پردے سے ٹکراتے تو ایک دم اُس کے ہاتھوں کی نصف دائرے کی حرکت تیز ہو جاتی مگر اگلے ہی لمحے پھر وہی سُستی، وہی بیزاری۔ آج جیسے اُس کے ہاتھ پاؤں پھُولے ہوئے تھے۔ یہ کام اُس کیلئے نیا نہیں تھا بلکہ وہ تو نصف صدی سے یہ کام کرتی آئی تھی۔ پھر اُسے ایک دم یاد آیا کہ اس کی ماں بھی تو یہی کام کیا کرتی تھی۔ اُسے وہ دن بھی اچھی طرح یاد تھا جب اُس کی ماں شدید بیماری کی وجہ سے دو دن حویلی میں کام کرنے نہ آ سکی تو تیسرے دن اس کی چودھرانی نے اسے نوکروں کے ذریعے گھر سے اٹھوایا اور اس کی چلونگی کھرے میں لا کر رکھ دی۔ وہ ٹھنڈے پانی سے اپنی ماں کے کانبے کو بڑھتا دیکھ رہی تھی اور پھر اسی حالت میں اس کی ماں نے گھرے کی ایک دیوار پر ہمیشہ کیلئے اپنا سر ٹکا دیا تھا۔

اُسے اپنی ماں کی طرح بخار تو نہیں تھا مگر اس کی سانسیں گرم اور تیز تیز چل رہی تھیں۔ شام ہونے کو تھی اور برتنوں کے ڈھیر ویسے کے ویسے پڑے تھے۔ اس کام سے فارغ ہو کر ابھی اس نے چودھرانی کی پنڈلیوں کی چھلیوں کو بھی پھوڑنا تھا اور اس کے بعد ہی وہ اپنے گھر جا سکتی تھی۔ آج کے دن کچھ بھی نیا نہیں تھا، سب چیزیں پہلے کی طرح تھیں جیسے راکھ، صابن، ٹاکی، برتن اور چودھرانی کی پنڈلیوں کی چھلیاں مگر پتہ نہیں کیوں اسے کچھ نیا لگ رہا تھا، اسے اپنے اندر یہ محسوس ہو رہا تھا جیسے کچھ ہونے والا ہے، کچھ اچھا یا پھر کچھ مختلف، اس نے لمبی سانس لی اور بے اختیار اس کے مونہہ سے اُف میرے خدایا نکل گیا۔ اُسے اپنا شوہر دھنا اور بیٹا جیُرو دھیان میں ایک پگڈنڈی سے گاؤں کی طرف آتے دکھائی دیئے۔ ان دونوں کے سایوں کو تو وہ آسانی سے پہنچانتی تھی مگر تیسرے سائے سے وہ مانوس نہ تھی۔ یہ کسی جانور کا سایہ تھا جو کبھی تو اتنا چھوٹا ہو جاتا کہ بلی کا بچہ محسوس ہونے لگتا اور کبھی اتنا بڑا کہ اس کا قد دوسرے دونوں کی کمروں کے برابر ہو جاتا۔ تیسرے کی رسی جیرو نے پکڑی ہوئی تھی اور دھنا نرم پتوں والی شاخ کی ہلکی ہلکی ضربوں سے اُسے ہانک رہا تھا۔

گھنٹے بھر کی لگاتار مشقت کے بعد برتنوں کے دو طرح کے ڈھیر ایک طرح کے ڈھیر میں تبدیل ہوئے اور وہ ہاتھ خشک کرتی چودھرانی کی خواب گاہ کی طرف بڑھ گئی۔ کئی بار اس کا دل چاہا کہ وہ چودھرانی سے صاف صاف کہہ دے کہ آج اُسے جلدی گھر جانا ہے مگر جیرو کے ابا نے اُسے ہر طرح کی بات کرنے سے منع کیا ہوا تھا۔ بجھے ہوئے دل کے ساتھ اس نے چودھرانی سے کہا کہ لاؤ بی بی جی میں آپ کی پنڈلیاں دبا دوں۔ اس نے دل ہی دل میں سوچا کہ پتہ نہیں یہ منحوس چودھرانی کیا کھاتی ہے اور کیا کرتی کراتی ہے کہ ہر روز اس کی پنڈلیوں کی چھلیاں پھول جاتی ہیں۔ اس کی مچھلیاں دبا دبا کر اس کے ہاتھوں کے انگوٹھے اور انگلیوں کی پوریں شل ہو جاتیں مگر ان کا اکڑاؤ کم ہونے میں نہ آتا۔ اب تو ان گٹھلیوں کی بات پنڈلیوں سے چل کر کافی اوپر تک چلی گئی تھی اور جوں جوں یہ بات بڑھ رہی تھی توں توں بیدو کے لکڑی جیسے ہاتھوں کی مشقت بڑھتی چلی جا رہی تھی۔ جب سے چوہدری نے دوسرے شادی کی تھی تب سے تو بڑی چودھرانی کا جسم اور بھی ابل گیا تھا۔

کُفتاں کی بانگ کے کافی دیر بعد بیدو کام کاج اور لتاڑ سے فارغ ہوئی۔ گلی میں بڑے بڑے قدم اٹھاتے ہوئے وہ یہی سوچ رہی تھی کہ جیرو اور اُس کے ابا گھر پہنچ چکے ہوں گے۔ کیا پتہ وہ اب جانور کو نہلا رہے ہوں۔ اُن کو تو اتنی عقل بھی نہیں کہ جانور کو رات کو نہلانا نہیں چاہیئے، جانور کے بیمار ہونے کا اندیشہ ہوتا ہے۔ پھر ایک دم اُسے وہم ہوا کہ رات کو جانور کو نہلانے کی وجہ سے اُس کی ٹانگیں جڑ گئی ہیں اور صبح کے وقت اُسے اٹھاتے ہیں تو وہ اٹھ نہیں رہا۔ کیا پتہ وہ قینچی سے اس کی اُون مونڈ رہے ہوں۔ کوئی پتہ نہیں رات کے اندھیرے میں ان کی قینچی اُون کی بجائے کھال میں گھُس گئی ہو اور جانور خون میں لت پت ہوا پڑا ہو!! نہیں نہیں!!! ایسا کچھ نہیں ہوگا، اُکھڑی ہوئی سانسوں کے ساتھ اس نے دونوں ہاتھوں سے باہر کا دروازہ کھولا اور گھر کے اندھیرے خاموشی کو دیکھ کر بھانپ گئی کہ وہ لوگ ابھی نہیں آئے۔ اُس نے دل ہی دل میں سوچا کہ اچھا ہی ہوا جو وہ لوگ ابھی نہیں پہنچے کہ اس طرح وہ ان کو یہ تو بتا سکے گی کہ رات کو جانور کو نہ نہلائیں یا پھر اندر میں اس کی اُون نہ اتاریں۔ اس نے کچی دیوار کے ساتھ ٹیک لگائے ہوئے حقے کو جگایا، اس کی نڑی اور نیچے کو نلکے کے پانی سے اچھی طرح تازہ کیا، اُپلوں کی آگ جلائی اور چلم بھر کر ڈھیلی چارپائی کی گود میں بیٹھ کر بڑے بڑے کش کھینچنے لگی۔

رات اپنے دوسرے پہر میں داخل ہو چکی تھی جب اُسے دروازے پر ہلچل محسوس ہوئی۔ دھنا نے اس کی رسی پکڑی ہوئی تھی اور جیرو اس کی پچھلی ٹانگیں اُٹھا کر اُسے گھر کے اندر دھکیل رہا تھا۔ گھر کے اندر داخل ہوتے ہی انہوں نے سب سے پہلے دروازے کو مضبوطی سے بند کیا اور دونوں جانور کو باندھنے کے

بعد ایک بار پھر اُس کے ارد گرد چکر کاٹ کر اس کا جائزہ لینے لگے، یوں جیسے اِس سے پہلے وہ لوگ نیند میں سارا کام مکمل کر آئے تھے اور اب جاگ کر اصل صورت حال کا جائزہ لینے لگے تھے- جیرو نے دونوں ہاتھوں میں بھر کر اُسے زمین سے ذرا اوپر اٹھایا اور پھر نیچے پھینک کر کہنے لگا من کے قریب لگتا ہے- دھنا کہنے لگا بیوقوف وزن کی بات نہیں کرتے -- جس کا ہے اُس کیلئے سیروں اور منوں کی کوئی اہمیت نہیں- مسلمان ہونے کے بعد اُن کی معلوم تاریخ میں یہ اُن کے خاندان میں پہلا واقعہ رونما ہونے جا رہا تھا- دبی دبی زبان میں انہوں نے گاؤں گلی کے لوگوں میں اپنے ارادے کو ظاہر تو کر دیا تھا مگر کسی نے اُن کا یقین نہیں کیا- لوگ سمجھتے تھے کہ وہ مذاق کر رہے ہیں- اُن کے ذہن میں یہی تھا کہ یا تو جیرو دور پار سے کسی کا جانور چرائے گا ورنہ ان کے پاس اس کام کیلئے جانور کہاں سے آئے گا - جبکہ چرائے ہوئے جانور کو ایسا ہی ذبح کیا اور ایسا ہی نہ کیا- کسی کو کیا پتہ کہ اُن کے گھر میں وہ تین لوگ تھے اور تینوں کمانے والے تھے- بیدو کو بچے کھچے کھانے کے علاوہ عید تہوار اور موقع بہ موقع صدقے کے پیسے بھی ملتے تھے، جیرو نے بھی دوسرے گاؤں کے زمیندار کے ساتھ سیپ کی ہوئی تھی اور دھنا بھی ہر روز آس پاس کے دیہات سے کچھ نہ کچھ مانگ لاتا تھا- یوں بھی ان کا خرچہ ہی کتنا تھا ، مانگے تانگے کے تمبا کو اور بچے کھچے کے کھانے سے بھلی چنگی گذر اوقات ہو رہی تھی -پچھلے کئی سال سے پیسے جمع کرنے کے بعد وہ اپنے خاندان کی صدیوں پرانی روایت بدلنے اور نئی تاریخ رقم کرنے کے درپے تھے-

حقیقت تو یہ تھی کہ اُن تینوں میں سے کوئی بھی اُس رات پل بھر کو نہ سو سکا - اگرچہ وہ اپنے کپڑوں سے اپنے منہ ڈھانپ کر اور آہستہ سے کروٹیں لے کر ایک دوسرے کو اپنا سویا ہونا ظاہر کر رہے تھے -- کبھی جیرو پیشاب کے بہانے اُٹھ جاتا اور کبھی دھنا پانی پینے کی غرض سے- بیدو جب کروٹیں بدل بدل کر تھک گئی تو اُس نے آدھی رات سے ہی تھوم پیاز چھیلنا شروع کر دیئے- اُس کا بہانہ بنا کر وہ دونوں انگڑائیاں لیتے ہوئے اُٹھ کھڑے ہوئے جیسے نیند مکمل کر چکے ہوں- جانور کو دھریک کے پتے کھلاتے اور چلم دوبارہ بھرتے بھراتے اُن کے کانوں میں اذان کی آواز پڑی- دھنے نے جیرو کو کہا کہ تم نماز پڑھ لو، وہ کہنے لگا مجھے تو نماز نہیں آتی ابا تُو ہی پڑھ لے- ابا ناراض ہو گیا کہ تو بڑھاپے میں مجھ سے ہی سارے کام کروانا ، خود کچھ نہ کرنا نکمے- بیدو کو موقع مل گیا - کہنے لگی تم دونوں رہنے دو، پتہ نہیں کیا خاندان ہے تمہارا، تم لوگوں کو تو کچھ بھی نہیں آتا- وہ منہ ہاتھ دھو کر پرانے کھیس پر کھڑی تو ہو گئی مگر آگے اُسے بھی کچھ پتہ نہ تھا کہ نماز میں کیا پڑھتے ہیں- اس کا مقصد تو ان کو دکھانا ہی تھا کہ نماز پڑھی جا رہی ہے- اِس لئے تھوڑی سی بلند آواز میں بسملا، اللہ و کبر پڑھتی رہی اور کھیس لپیٹنے تک اُس کے اچھے خاصے پسینے چھوٹ گئے- اِس کے ساتھ ہی جیرو نلکا گیڑ کر مُڈھی دھونے لگا- دھنے نے لگی لگائی چھریوں اور بگدے کو ایک بار پھر ریتی سے تیز کیا- جیرو کہنے لگا ابا کیا صلاح ہے- دھنے نے جیرو کی طرف دیکھا اور کہنے لگا پُتر بسم اللہ کرتے ہیں- میں نے ایک بار میاں جی کو سپیکر میں کہتے سنا تھا کہ مسلمانوں نیکی کے کاموں میں ایک دوسرے سے پتہ نہیں کیا لے جاؤ البتہ اس کا مطبل یہ بنتا تھا کہ ایک دوسرے سے پہلے وہ کام کرنے کی کوشش کرو- ویسے بھی نیک کام میں دیر کیسی- اُس نے جیرو کو مخاطب کر کے کہا کہ میں اور تیری ماں جانور کو قابو کریں گے اور تم چھری چلانا، تمہیں وہ تو یاد ہے ناں جو چھری چلاتے پڑھتے ہیں- جیرو جو پہلے ہی اپنے باپ سے نماز والے کام میں جھینپ گیا تھا کہنے لگا ہاں ابا مجھے آتا ہے، میں نے اِس سے پہلے بھی چودھریوں کے کئی جانور حلال کیے ہیں-

گھر کے ایک کونے میں ہی انہوں نے جانور کو حلال کیا اور اب گھاس ڈالنے والی کھاد کی بوریوں سے بنی ہوئی چادر بچھا کر اس کی کھال اتارنے لگے- ان کو کھال اتارنے کا بہت تجربہ تھا، جیرو اور دھنا منٹوں میں مرے ہوئے جانور کی کھال اُتار لیا کرتے تھے مگر آج انہیں احساس تھا کہ یہ جانور مرا ہوا نہیں بلکہ حلال کیا ہوا ہے- اسلیئے بڑی احتیاط سے چھریوں کے چھوٹے چھوٹے کٹ لگا کر کھال اتار رہے تھے- کھال اتارنے کے دوران ان کو کھالیں جمع کرنے والوں کے اعلانات بھی یاد آ رہے تھے کہ قربانی کے جانوروں کی کھال انتہائی احتیاط سے اتارنی چاہیئے کیونکہ اس کا بھی ثواب ہے- اسی احتیاط کے دوران جیرو کے بائیں ہاتھ کے انگوٹھے اور انگلی پر چھری کے کئی زخم بھی لگے مگر اُس نے احتیاط کا دامن ہاتھ سے نہیں چھوڑا - یہ پہلا موقع تھا کہ کسی جانور کا گوشت بناتے ہوئے انہیں اتنی احتیاط سے کام لینا پڑ رہا تھا ورنہ تو وہ گوشت کو چیلوں کی طرح ایک منٹ میں چیر پھاڑ دیتے تھے- ان کے احتیاط کا یہ عالم تھا کہ اگر کوئی ان سے پوچھ لیتا تو وہ یہ تک بتا سکتے تھے کہ کُل اتنے سو اتنی بوٹیاں بنی، بوٹیاں بن چکیں تو لگے ہاتھ انہوں نے اس کے تین حصے بھی کر دیئے اور ہر حصے کو پرنے میں ڈال کر تینوں نے اسطرح جو کھا کہ ایک بوٹی بھی کسی میں کم یا زیادہ نہیں تھی-

صبح کا اجالا ذرا پھیلا تو گوشت تقسیم کرنے کا مرحلہ درپیش تھا - دھنے نے اپنے پرنے میں ایک حصے سے اچھی اچھی بوٹیاں ڈالیں اور کاندھے والے کھیس میں چھپاتا ہوا چودھریوں کی حویلی میں پہنچ گیا - چودھری صاحب ابھی نہانے دھونے کی تیاریوں میں مصروف تھے- انہوں نے دھنے کو ایک طرف کوئی چیز اٹھائے ہوئے کھڑا دیکھا تو کہنے لگے دھنے کیا بات ہے اور یہ پرنے میں صبح صبح کیا اٹھا رکھا ہے- دھنا پہلے تو ذرا گھبرایا اور پھر کچھ دیر توقف کے بعد بولا چودھری جی گوشت لایا ہوں، اس دفعہ ہم نے بھی قربانی کی ہے- چودھری صاحب پہلے کھلکھلا کر ہنسے اور پھر بڑی مشکل سے اپنی ہنسی روکتے ہوئے کہنے لگے، مگر دھنے قربانی تو عید کی نماز کے بعد ہوتی ہے اور عید کی نماز میں ابھی ایک گھنٹہ باقی ہے، یہ قربانی نہیں ہے صدقہ ہے اور ہم صدقے کا گوشت نہیں کھاتے - دھنا لڑکھڑاتے بوجھل قدموں کے ساتھ واپس مڑا تو یہ سوچ کر اور بھی پریشان ہو گیا کہ وہ بیدو اور جیرو کو کیسے بتا پائے گا کہ اُن کی خواہش کی تکمیل کے بیچ ایک بار پھر کئی سال کا طویل اور پُر مشقت سفر حائل ہو چکا تھا-

پیوستہ رہ شجر سے

ڈاکٹر زین السالکین سالک

شاید یہ میری زندگی کی آخری تحریر ہوگی۔ آج مجھے جو تجربہ ہوا وہ اگر نہ ہوتا تو اچھا تھا۔ شاید میرے اندر زندہ رہنے کی جستجو کچھ دن اور رہتی اور میں رفتہ رفتہ زندگی کی طرف لوٹ آتا۔ اس کی سرگرمیوں میں اس طرح بھرپور انداز میں حصہ لینے لگ جاتا جس کی تمنا میں ہمیشہ سے کرتا آیا ہوں۔ لیکن آج تک نہ کر سکا۔ آج مجھے اپنی زندگی کے ڈرامائی مناظر یاد آ رہے ہیں جن میں ایک میرے بچپن بتایا شہر بھی ہے۔ جس میں میں مگن تھا جن میں ایک میرا پیارا اسکول بھی شامل تھا۔ مجھے مدرسے میں پڑھنے کی قدر اچھی طرح سے معلوم تھی۔ کیونکہ ہم بھائیوں کو تعلیم سے دو سال تک محروم رکھا گیا تھا۔ اس کے لیے میں اپنے باپ کو ذمہ دار نہیں ٹھہراؤں گا۔ اس لئے نہیں کہ اُس دور میں ان کے خیالات پیری مریدی کی طرف زیادہ تھے۔ اور گھر والوں کی طرف وہ کم توجہ دیتے تھے۔ بلکہ اس لیے کہ وہ ایک معصوم انسان تھے۔ حد سے زیادہ معصوم۔ کام ان کی عبادت تھی۔ جس میں انہیں دن رات کا ہوش نہیں رہتا تھا۔ وہ اولین کمپیوٹر کے دور کی مشینوں کے انجینئر تھے اور اپنے کام میں مشاق جس کا اعتراف ان کی کمپنی کے لیے پچیس سالہ خدمات کا خصوصی برطانوی کلب میں شمولیت، قیمتی سونے کی سوئیس کلائی کی گھڑی، خصوصی رومن ایکس کا ہندسہ لکھی نک ٹائی اور تعریفی سرٹیفکیٹ تھا۔ کمپنی کے ڈائریکٹر مسٹر وڈ سٹاک کے ساتھ ان کی تصویر کا فریم آج بھی میری خوابگاہ میں آویزاں ہے اور میری ان سے محبت کی یاد ہر روز تازہ کر کے ان کے تعلق کو گہرا کرتا ہے۔ میرے لیے یہ تصویر ان کے خاندان سے تعلق کی یہ نشانی میرے لیے کافی ہے۔ مجھے ان کے کسی اہل خاندان سے کوئی گلہ شکوہ نہیں۔ یہ کوئی ایسی نئی بات نہیں ہے۔ یہ تو ہماری سماجی روایات میں ہوتا ہی آیا ہے کہ اپنے رشتہ دار آپ کو قبول نہ کریں۔ اس لیے کوئی حیرانی بھی نہیں۔ ہاں البتہ دکھ ہے اور بہت شدید دکھ جسے میں اپنے اوپر حاوی نہیں ہونے دوں گا۔ قدرت نے خونی رشتے بنا کر انہیں محبت کے عنصر کو کچھ زیادہ ہی ٹھونس ٹھانس دیا ہے یا پھر حالات و واقعات کی رو میں جذباتیت میں ڈوب چکا ہوں جو اس طرح افسوس کر رہا ہوں۔ کاش مجھ میں انسانی رشتوں کی یہ محبت اس طرح نہ ہوتی تو دکھوں کے سمندر کو میں بھی بآسانی پار کر لیتا۔ دکھ سہنے کی انسانی صلاحیت والی زندگی سے دیوتا جلتے ہیں۔ کیونکہ انہیں کسی امرت، کسی آبِ حیات کی ضرورت نہیں۔ اکلیس وہ پہلا فانی آدمی تھا جس سے انہوں نے اپنی اس خلش کا بدلہ لیا تھا کیونکہ اس نے انہیں زندگی کی بے ثباتی اور موت کا مزا نہ چکھ سکنے کی صلاحیت سے محروم ہونے کا طعنہ دیا تھا۔

میں تو ایک ذرۂ بے نشاں، حقیر انسان ہوں۔ شاید میرے باپ نے بھی اس حقیقت کو سمجھ لیا تھا جو وہ ہر ایک سے معافی کے طلبگار تھے اپنی بیماری کے دور میں۔ مَیں نے اپنے آدرش بہت اونچے بنا لئے تھے جو آج دھڑام سے نیچے آ گرے ہیں۔ میرے تایا نے آج صاف صاف کہہ دیا کہ تمہارا اس خاندان سے کوئی تعلق نہیں ہے۔

تمہاری شادی فریحہ سے نہیں ہوسکتی۔۔۔ تم اس کے میک اپ تک کا خرچہ تو برداشت نہیں کر سکتے تو میں کیسے تمہیں اپنی بیٹی دے دوں۔ پہلے اپنے آپ کو اس قابل تو بناؤ۔

تایا کے سٹڈی روم میں ان کے بہت سے شکار کئے ہوئے جانوروں کے حنوط شدہ سروں کی ٹرافیاں لٹک رہی ہیں اور بھُس بھرے دیگر خونخوار درندے جانور بھی موجود ہیں۔ طرح طرح کی شکاری بندوقیں، تلواریں، خنجر بھی ترتیب سے رکھے ہیں۔ ان کے ساتھ ایک قد آدم خاندانی شجر کا فریم ہے جس کی تصویر اتارنے کی سخت ممانعت ہے۔

میں فریحہ کو بچپن سے دیکھتا آیا ہوں۔ میرے لیے یہ سمجھنا بہت مشکل نظر آ رہا ہے کہ جب ہمیں ایک ساتھ کھیلنے کودنے کی بچپن سے اجازت تھی تو آج اچانک یہ کیوں۔۔۔ میں تو اسی خاندان سے ہوں۔۔۔!

مجھے پورا یقین ہو گیا ہے اب ہم کبھی نہ مل سکیں گے۔ نہ ایک ہوسکیں گے۔ اس کے بارے میں میری یادیں بچپن سے پیوستہ ہیں۔ جب ہم سب کزن مل کر Karakataoa East of Java فلم دیکھنے گئے تھے۔ میں نے اسے بڑے ہونے کے بعد بہت کم دیکھا کیونکہ وہ زیادہ تر بیرون ملک رہی۔ میرے ذہن میں اس کی بچپن کی تصویر تھی جب وہ انگلش کی نظمیں میرے والد اپنے چچا کو اور میری توجہ اپنی طرف پوری مرکوز کرا کر اپنی سلیولیس کرنکل فراک میں کھڑی ہو کر اپنے ننھے ننھے ہاتھوں کے اشاروں سے "سلیپنگ۔۔۔ لیس ماما" پوری سنانے سے پہلے جان نہ چھوڑتی تھی اور ابو اور میں پورے انہماک سے سننے کے بعد تالیاں بجاتے، ابو پیٹھ ٹھونکتے اور اسے رنگ برنگی پنیوں والی چاکلیٹ جو اس کے لیے پہلے سے جیب میں ڈال کر لاتے تھے دیتے وہ اصل میں مجھے گھر لیجانے آئے تھے۔ کیونکہ میں اکثر کبھی خود اور کبھی اپنے ان عم زادوں کے اسرار پر ان کے گھر رہنے کی ضد کر کے ٹھہر جاتا تھا۔ یہ بہت تسلسل سے ہو رہا تھا۔ ہوتا چلا آ رہا تھا۔ میں نے عمر کی کئی حدیں پار کی تھیں تو آج یہاں تک پہنچا تھا۔

میں نے گاندھی کی سماج سیوا، اچھوتوں کے خلاف روّیے کو بدلنے کی تحریکوں کے بارے میں پڑھا تھا۔ آج مجھے ذات پات کا موضوع پھر یاد آ گیا ہے۔ ہماری فلموں اور ادب میں کبھی یہ موضوع خاصا دہرایا جاتا تھا۔ انہیں مختلف ناموں سے یاد کیا جاتا تھا۔ شودر، ہریجن، دِلت اور نہ جانے کیا کیا، انگریزی میں Pariah کی اصطلاح استعمال ہوتی ہے۔ جب کسی کو آؤٹ کاسٹ کرنا ہوتو۔۔۔! مجھے آج محسوس

ہورہا ہے کہ میں اچانک ایک شودر بن گیا ہوں۔ زندگی کے دروازے مجھ پر بند ہو چکے ہیں۔ کسی بہت بڑی غلطی، احساسِ ندامت سے وہ شرمندگی نہ ہوتی جو مجھے آج ہوئی ہے۔ مجھے یقین نہیں آرہا کہ ایسا میرے ساتھ ہوا ہے۔

میری تائی اماں بندوق والا خاندان گجرات ممبئی کی ہے۔ تایا کی ہوائی کمپنیوں کے ٹریول ایجنٹ اور اس سے پہلے جہاز راں شپنگ کمپنی میں اعلیٰ عہدے پر تعینات تھے۔ بہت رکھ رکھاؤ والے انسان ہیں۔ ان کی بک شیلف میں لارنس آف عریبیہ کی "سیون پلرز آف وزڈم" کئی ممالک کے چینی مٹی کے سوینیئر ز اور شیلف کے سب سے اوپر والے خانے میں محوِ رقص رہتا ہے۔۔۔ وہ پائپ والا تمبا کو پیتے اور دوسری جنگ عظیم اور شمالی کوریائی جنگ اور سرد جنگ کے موضوع پر تھرلر پڑھنا پسند کرتے ہیں اور ٹی وی پر امریکی سوپ آپرا کے بھی بڑے شوقین ہیں۔ تایا تائی کو امریکہ کا شروع سے بڑا شوق تھا۔ اس لیے میرے دونوں تایا زاد بھائی آج کل امریکہ میں سیٹل ہیں۔ اور کل کلاں کو ان کے والدین بھی وہاں ہمیشہ کے لیے اپنا بڑھاپا گزارنے چلے آئیں گے۔۔۔ میری دعائیں ان کے ساتھ رہیں گی۔ خدا ان کا سایہ ہم چھوٹوں پر قائم رکھے۔۔۔ میں یہ دعائیں شاید زیادہ دلجمعی سے مانگتا اگر وہ مجھے بھی اپنے خاندان کا فرد سمجھتے لیکن ایسا نہیں ہوا۔ مجھے پر ان کے ویسے ہی بہت احسانات ہیں وہ ہر ایک رشتہ دار کی مدد کرنے کا جی جان سے حوصلہ اور استعداد رکھتے ہیں۔

بندوق والا خاندان کے ایک فرد پر جب لندن میں بیکنگ فراڈ کیس میں غلط فردِ جرم عائد ہو رہی تھی وہ اپنے اس بھتیجے کو چھڑا لائے تھے جس نے ان کی چھوٹی بیٹی کو طلاق دے دی تھی۔ شاید اس لیے کہ وہ بھی ارب پتی تھا یا پھر واقعی ان کی خاندانی شرافت و اقدار رگ حمیت جاگی تھی۔ ایسا کام تو بہت روشن عالی دماغ شخص ہی کر سکتا ہے یا پھر میں یونہی مان لوں کہ وہ واقعی عظیم آدمی ہیں۔ میرے معاملے میں بھی وہ اتنا غلط تو نہیں کہہ رہے میں اگر اس خاندان میں پیدا ہو گیا ہوں تو میرا قصور تو نہیں ہے۔ کونسا ایسا شخص ہوگا جو اپنی پیدائش کے لیے خاندان چُننے کی قدرت و استطاعت رکھتا ہو۔ اگر یہ غیبی قوت و قدرت مجھے حاصل ہوتی تو میں اس خاندان میں تو کم از کم پیدا نہ ہوتا۔۔۔ اور انہیں شرمندہ نہ کرتا۔۔۔ اس کے علاوہ رشتے کے انکار کی کوئی وجہ میری سمجھ سے باہر ہے۔ ہاں ایک خیال ضرور گزرتا ہے کہ کہیں وہ اپنی اس منہ بولی خالہ کی بیٹی کی طرف داری تو نہیں کر رہے جس سے میری منگنی ٹوٹ چکی ہے۔ اس بات کو عرصہ دراز ہو چلا ہے۔ منگنی کی رسم میں وہ نہ صرف شریک تھے بلکہ منگنی کرانے میں بھی ان کا ہاتھ تھا اور انہوں نے میری وکالت بھی کی تھی رشتے کے معاملے میں۔

خالہ کا خاندان اتنا معمولی نہ تھا۔ خالو نان کمیشنڈ ریٹائر فوجی تھے۔

میرے حالات تو ہمیشہ سے خستہ رہے۔ بیرون ملک نوکری کے سفر بھی اس طرح سودمند نہ ثابت ہو سکے کہ میں سماج کے متمول گھرانوں میں سر اٹھا کر جی سکتا۔۔۔ مایا کی پوجا ہمارے معاشرے میں اس طرح پھیل اور پنپ چکی ہے کہ اب کوئی اصلاحی انقلابی تحریک اُسے سُدھار نہ سکے گی۔۔۔ زمانہ اپنی کٹھور چالیں چلتا اتنا آگے نکل چکا ہے کہ اسے زنجیر ڈالنا ناممکن ہے۔ اقدار بدل جائیں تو انہیں قبول کرنا بڑا جان لیوا عمل ہوتا ہے اور انسان سے بہت کچھ نوچ لیتا ہے اور اس کے ساتھ گزارا بہت ہی مشکل بنا دیتا ہے۔

ہونے کو تو رشتے کا انکار کوئی اہم واقعہ نہیں۔ ایسا تو لڑکی کے معاملے میں ہوتا ہی ہے کہ کئی رشتوں سے انکار کرنا پڑتا ہے۔ تب کہیں جا کر مناسب رشتہ ملتا ہے۔ اس لحاظ سے دیکھا جائے تو مجھے اس کا بھی کوئی افسوس نہیں ہونا چاہیے لیکن کچھ باتیں، یادیں ماضی کی میرے دل میں بازگشت کرتی ہیں جو ایک کرب میں مبتلا کر رہی ہیں۔۔۔ اور جن کی وجہ سے مجھے یہ کہنا پڑ رہا ہے۔۔۔ جن میں تائی اماں کا یہ جملہ بھی شامل ہے کہ "تم تو ہمارا خون ہو۔۔۔"

شاید وہ کالج کے دور میں میرے دُبلے پن اور کمزوری کی میری حالت دیکھ کر جذباتی ہو گئی تھیں۔۔۔ اور مجھے گھر لے آئی تھیں اور میں کافی عرصے اُن کے گھر رہا تھا۔ جب اُن کی اپنی اولادیں نہیں تھیں وہ پرانے زمانے کی بڑی طمطراق اور دبدبے والی خاتون تھیں۔۔۔ زندگی کے بارے میں ان کا ایک جیسا روّیہ تھا اور وہ اس پر قائم تھیں اور ہر ایک کو اسی سان پر چڑھا کر تلوار کرتی تھیں۔

کتنا ضروری ہوتا ہے کہ مرنے سے پہلے اپنے بہن، بھائیوں، عزیزوں سے ناراضگی ختم کر کے دل صاف کر لیے جائیں تا کہ مرتے وقت کوئی الجھن نہ ہو۔ ابھی بہت عرصہ نہیں گزرا کہ حج و عمرہ پر جانے سے پہلے لوگ ایسا ملنا لازمی سمجھتے تھے کیونکہ یہ سفر مہینوں برسوں کا ہوتا تھا۔ جانے والے کو یہ نہ پتہ ہوتا تھا کہ وہ واپس آئے گا بھی یا نہیں؟ اور یہ انہوں نے جتنے حج اور عمرے کیے کیا۔

ایک رات مجھے طویل نفلیں، نیم اندھیرے میں پڑھتے دیکھ کر انہوں نے کہا تھا کہ "ایسی ٹکریں مارنے سے کچھ نہیں ہوتا۔۔۔ وہ تمہیں نہیں ملے گی"

انہیں میرے دل کا حال کیسے معلوم تھا۔۔۔ یہ میں آج تک نہ سمجھ سکا۔۔۔ یا پھر انہوں نے جوانی کی نفلیں سمجھ کر اس کے پس منظر کا اندازہ اپنی تجربہ کار نظر سے لگا لیا تھا لیکن انہیں یہ نہیں معلوم تھا کہ میں تو صرف سکون قلب کی تلاش میں تھا اور صرف اسی مقصد سے پڑھ رہا تھا۔ **انما الاعمال بالنیات**

ماضی بڑا عجیب پر اسرار بھی ہوتا ہے۔ جیسے ریگزار پر گزرتے ہوئے بل کھاتے سانپ کی لکریں۔۔۔! یا چند ہی لمحات پیشتر گزرے ہوئے کارواں کے نقشِ پا۔۔۔!

صحرا میں کوئی تن آور درخت نہیں ہوتا۔۔۔ چھوٹی چھوٹی خاردار جھاڑیاں ہوتی ہیں یا ببول کے کانٹے یا زہریلے دودھ اور کانٹوں سے مزین کیکٹس۔۔۔ اور جب کبھی وہ اسے بیتے ماضی کے حال میں آ نکلتے ہیں چبھتے ہیں تو بڑی تکلیف دے جاتے ہیں۔

میری سمجھ میں نہیں آتا کہ میں ایسے درختوں سے کیسے پیوستہ رہ سکتا ہوں یہ تو مجھ میں پیوستہ ہوئے جا رہے ہیں۔۔۔! میں بہار کا انتظار کس لیے کروں۔۔۔ بہار میں انہی ببولوں، کانٹوں اور کیکٹس کی بہتات ہوگی۔۔۔!

آسانی

زہرہ سمن علی

گھونگھٹ کے پیچھے دلہن کی آنکھوں سے آنسو قطرہ قطرہ گر رہے تھے۔ اس کے دامن پر ٹکے ہوئے سلمی ستارے کی طرح چمکدار۔ اس کے مہندی بھرے ہاتھ گود میں رکھے تھے جیسے کچھ مانگتے مانگتے تھک گئے ہوں۔

باہر باغ میں ہر طرف کچے آموں کی خوشبو پھیلی ہوئی تھی۔ نیم کے پرانے درخت کی شاخوں میں لمبی رسیوں والا جھولا لگا ہوا تھا۔ بچپن میں جھولا جھولتے ہوئے بیکراں کھلے آسمان کو دیکھتے ہوئے اس کو لگتا تھا کہ دنیا فانی نہیں۔

دبے قدموں وہ ساری دوپہر پرانے گھر کے برآمدے اور باغ میں پھرتے ہوئے گزار دیا کرتی تھی۔ اس کو ننگے پاؤں پھرنے کی عادت تھی امی کتنی ناراض ہوتی تھیں۔

''دن بھر جوتوں کے بغیر، لوگ بھی کیا سوچتے ہوں گے، جوتی خریدنے کو پیسہ نہیں پاس، دوپٹہ کہاں ہے تمہارا، حلیہ دیکھا ہے اپنا، بال بکھرے ہوئے، پاؤں گندے، چڑیل لگ رہی ہو' اور وہ گھبرا جاتی، سوچتی کہ حلیہ تو اس نے واقعی بہت خراب بنا رکھا تھا۔

امتحانوں کے بعد فارغ وقت کیا ملا تھا وہ تو بالکل ہی عقل سے پیدل ہو گئی تھی۔ سارا سارا دن یا تو پرانے صوفے میں گھسی کوئی موٹی سی کتاب پڑھتی رہتی یا پھر یونہی اوٹ پٹانگ کچھ لکھتی رہتی تھی یا پھر بے چینی سے بھری ہوئی برآمدوں اور باغ میں چہل قدمی کرتی رہتی تھی۔ اس کے کپڑے شکن دار رہتے تھے اور بال تو ہمیشہ ہی بکھرے رہتے تھے۔ اکثر وہ بلاوجہ چھوٹی سی کسی بات پر غصے سے بھر جاتی تھی اور چیخ چلا کر لڑتی تھی پھر اپنے کمرے کا دروازہ زور سے بند کر کے بستر پر گر کر اونچا اونچا رونے لگتی تھی۔ گھنٹوں روتی رہتی تھی، خود سے لڑتی تھی اپنے دل میں بھرے احساس جرم سے بحث کرتی رہتی تھی۔ کسی کو سمجھا نہیں پاتی تھی کہ اسے کیا ہے۔ وہ تو خود بھی نہیں جانتی تھی کہ اسے کیا ہے؟

اگرچہ اسے اپنے گھر سے بہت لگاؤ تھا اسے اکثر احساس ہوتا تھا کہ وہ یہاں قید ہے۔ یہ بات بھی نہیں تھی کہ اس کا دل باہر جانے کو چاہتا تھا۔ باہر کی دنیا اس کو تھکا دیتی تھی۔ یہ وہ دنیا تو نہیں تھی جس کی اس کو تلاش تھی اور مایوس ہو کر وہ واپس آ جاتی تھی۔ اپنے کمرے میں چھپ جاتی تھی۔

اس کو لوگوں سے ملنا مشکل لگتا تھا۔ ہاں کبھی ان کے ہمسائے میں وہ پروفیسر مس رفیقی رہا کرتی تھیں۔ بڑی تازہ دم اور خوش باش نظر آتی تھیں اور تیز گلابی رنگ کی لپ سٹک لگایا کرتی تھیں۔ جب سمیرہ سکول میں تھی ان کے پاس اکثر جایا کرتی تھی۔

ان کے گھر میں سب کچھ بہت ہی قرینے سے سجا رہتا تھا۔ غسل خانے کی چھوٹی سے کھڑکی پر رنگین پردے تھے اور کھڑکی کی سل پر چینی کا چھوٹا سا کتا بیٹھا رہتا تھا۔ مہمان کمرے میں بڑی سی شیشے کی الماری میں دنیا جہاں سے جمع کی ہوئی چھوٹی چھوٹی اشیا موجود تھیں۔ ننھے منے جانور، طرح طرح کی گڑیاں، ننھے منے مکان جو اصلی لگتے تھے، رنگ برنگی گاڑیاں۔ یہ سب اشیا مس رفیقی نے ملک ملک سے خریدی تھیں۔ وہ کالج میں پڑھاتی تھیں اور اکیلی رہتی تھیں۔ انہوں نے شادی نہیں کی تھی مگر ان کو بچے اچھے لگتے تھے اور سمیرہ سے تو ان کو بہت لگاؤ ہو گیا تھا۔

وہ اکثر ان کے پاس آ جاتی تھی۔ مس رفیقی اسے چائے اور بسکٹ کھلاتی تھیں۔ اور کبھی کبھی اپنی سب چھوٹی چھوٹی چیزوں میں سے کوئی ایک دو اسے تحفے میں دیا کرتی تھیں۔ ایک دن سمیرہ نے ان سے پوچھا:

''آپ اکیلی کیوں رہتی ہیں، آپ نے شادی کیوں نہیں کی؟''

اس کا خیال تھا کہ شاید مس رفیقی اس سوال پر ناراض ہو جائیں گی مگر وہ ہنس پڑیں اور بولیں ''بس ایسے شخص سے ملاقات ہی نہیں ہوئی جس کے ساتھ ساری عمر گزار دینے کو دل چاہے'' اور سمیرہ کو لگا کہ جواب بہت اہم تھا، مگر وہ سمجھ نہ سکی کیوں۔

بعد میں مس رفیقی اپنی چھوٹی چھوٹی چیزوں کی دنیا سمیٹ کر دوسرے شہر چلی گئی تھیں۔ سمیرہ نے ان کو دوبارہ کبھی نہ دیکھا۔

یہ کیسے ممکن ہے، اس نے سوچا کہ بعض دفعہ لوگ مرے بغیر ہی ہمیشہ کے لیے نظروں سے اوجھل ہو جاتے ہیں۔

اس کے جلد بعد ہی ابا چل بسے تھے۔ اچانک ہی اور اس کی سمجھ میں نہیں آیا تھا کہ کیسے روئے اور اگر روئے تو پھر آنسو کیسے روکے؟ یہاں تو عمر بھر کے آنسو ایک دکھ کے لیے بھی کافی نہیں تھے اور دکھ بے شمار تھے۔

جب گھر والوں نے کہا کہ اس کی شادی ہو جانی چاہیے رشتہ اچھا ہے، ایسے موقع بار بار نہیں ملتے تو اس نے ان کی بات مان لی۔ اگرچہ وہ لڑکے سے ملی تھی اور وہ اس کو ذرا بھی پسند نہیں آیا تھا۔ اس نے سوچا کاش کہ وہ مس رفیقی جیسی ہوتی جن کی اپنی ایک دنیا تھی، جن کو دیکھ کر لگتا تھا کہ انہوں نے اپنی زندگی کے سب دکھوں اور خوشیوں کو آسانی کے ساتھ اپنا رکھا ہو۔

''کیا دلہن تیار ہے؟ کہاں ہے دلہن''

آوازیں آئیں اور پھر دروازہ کھلا۔

''تم یہاں بیٹھی کیا کر رہی ہو''

نجانے کب کس خیال میں وہ یہاں اس کمرے میں چلی آئی تھی اور دیر سے یہیں بیٹھی تھی۔ یہاں صرف پرانی چیزیں رکھی جاتی تھیں۔ پرانی کتابیں، پرانی تصویریں، وہ بدنما ڈیکوریشن پیس جو لوگ نجانے کیوں تحفے میں لے آتے تھے۔ یہاں اس کے بچپن کے کھلونے، اس کی سکول کی کاپیاں تھیں اور پرانی تکلیف دہ یادیں تھیں جیسے ابا کی وہ سب چیزیں جو امی نے اس کے جانے کے بعد یہاں رکھ دی تھیں۔ وہ سب کچھ جو نہ پھینکنا ممکن تھا نہ اپنانا۔۔۔ یوں ہی جیسے اس کی زندگی تھی۔

تاجدارِ الم

گلزار جاوید

اسلام آباد،
پاکستان۔

تاجدارِ الم!
جناب باراک حسین اوباما،
صدر ریاست ہائے متحدہ امریکہ۔

صاحبِ عالم! آپ کے پیشِ نظر اس وقت دو وجوہات باعثِ پریشانی ہوں گی۔ اوّل تیسری دنیا بالخصوص پاکستان کے بے نام ونشاں قلم کار کا آپ سے براہِ راست مخاطب ہونا دوئم زیرِ نظر مکتوب میں درج آداب والقاب، پہلی وجوہ یہ عریضہ خود آشکار کردے گا البتہ دوسری کی تشریح اور وضاحت ہم پر لازم ہے۔ آپ جس زبان کے عشق میں بے وجہ گرفتار ہیں اور جسے آپ نے فرش سے اٹھا کر عرش پر پہنچا دیا ہے اُس میں اکثر حفظِ مراتب سے قطع نظر مخاطب کو ڈیئر یا مسٹر تحریر کیا جاتا ہے۔

یہاں دشواری یہ آن پڑی ہے کہ آپ جناب نے جس منصبِ جلیلہ پر ہمیں فائز کر دیا ہے اُس پس منظر میں ڈیئر اور مسٹر کے الفاظ بہت سی غلط فہمیوں کا موجب بن سکتے ہیں۔ اپنی ذات کی جانب سے ہمیں قطعی پریشانی نہ ہے کہ ایک زمانہ ہوا اُس چیز سے ہم بے نیاز ہو چکے ہیں جسے ہمارے بزرگوں نے عزتِ سادات کے نام سے موسوم کیا تھا مگر کوئی ہما شُما آپ کی شان میں کسی طرح کی گستاخی کا تصور کرے، یہ ہمیں ہرگز گوارا نہ ہے۔

آپ تو اُڑتی چڑیا کے پر گننے پر قادر ہیں۔ ہماری بابت بھی بخوبی جانتے ہوں گے کہ ہماری گھٹی میں اپنے آباء کی تہذیب، تمدن، رواداری بلکہ فرما نبرداری ابھی تلک پوری آب وتاب سے انگڑائیاں لے رہی ہے۔ جی ہاں! یہ وہی تہذیب ہے، جس میں پہلے آپ، پہلے آپ کی تکرار میں ہمارے بزرگوں نے منزلِ مقصود پر پہنچانے والی سواری سے چھُٹ جانا منظور کر لیا مگر احترامِ انسانیت میں پہل سے گریز بہتر جانا۔

سرِ دست ہمارے لیے یہ جاننا نہایت اہم ہے کہ آپ جناب اپنا مدعا بیان کرنے کے لیے تیر وتفنگ کے علاوہ کس چیز کا سہارا لیا کرتے ہیں؟ اگر جناب کو شعر وسخن سے شغف ہے تو خدا معلوم آپ کے پسندیدہ شاعر کون ہیں؟ مثلاً آپ شیلے کو پسند کرتے ہیں یا کیٹس کو، بائرن آپ کو بھاتا ہے یا شیکسپیئر مسرور کرتا ہے الغرض ہومر کے رزمیئے تو آپ کہیں نہ کہیں ضرور کوٹ کرتے ہوں گے۔ ہمیں جب جب اپنی بات کہنے میں دشواری کا سامنا ہوتا ہے تو چچا غالب ہماری مدد کو آن پہنچتے ہیں۔ دیکھئے! اس وقت بھی کس خوبصورتی سے اپنے ماضی کا دفاع کر رہے ہیں:

باوجودِ یک جہاں ہنگامہ پیدا ہی نہیں
ہیں چراغانِ شبستانِ دلِ پروانہ ہم

عالم پناہ! آپ کو حق ہے، چاہیں تو ہمارے بزرگوں کی وضع داری کو ابرو کی دائیں اور جبڑے کی بائیں جنبش سے داد وتحسین سے سرفراز کریں وگرنہ یہی عمل آپ مختلف زاویے سے فرمائیں گے تب بھی آپ کا پیغام ہم تک پہنچ جائے گا۔

عالیجاہ! آپ بخوبی جانتے ہیں کہ گذشتہ چھ دہائیوں سے مختلف مدارج اور مناصب سے سرفراز ہونے کے باوجود حرفِ شکایت ہماری زبان پر آنے کی جرأت کر سکا ہے نہ ہماری زبان اس کی تاب لانے کی ہمت رکھتی ہے۔ جنابِ والا کی جانب سے ہر ہر حسنِ سلوک کے بعد اگر ہم یا ہمارے اٹھارہ کروڑ لوگوں نے آپ سے کبھی کوئی مطالبہ کیا ہے تو صرف اتنا کہ بندہ پرور! وقت کے زیاں سے بچنے کے لیے حسنِ سلوک پر مامور اہلکاران کی تعداد بڑھا دی جائے تاکہ ہم یا ہمارے لوگوں کو خدمت کی بجا آوری میں تاخیر کا ذمہ دار نہ ٹھہرایا جائے۔ یہاں آپ سے ہماری توقع قطعی بے جا نہ ہوگی کہ آپ لفظ ''خدمت'' کی تفصیل یا نوعیت دریافت کر کے خود بھی پشیماں نہ ہوں گے اور ہم کو بھی پشیمانی سے دوچار نہ کریں گے۔

آپ کو حق ہے بلکہ آپ ہی کو حق ہے (مدت ہوئی ہم اپنے جملہ وغیر جملہ حقوق سے رضا کارانہ طور پر دست بردار ہو چکے ہیں) کہ آپ ہم جیسے عاقبت نا اندیش سے یہ دریافت کریں کہ اس قدر کوتاہ قد اور کور ذہن کو آپ جناب کی سرکار میں شترِ بے مہار کی مانند در آنے کی جرأت کیونکر ہوئی؟

قصہ اصل میں کچھ یوں ہے کہ آپ نے ہماری جانب سے تحریر کردہ عریضہ بنام عفیفہ آئی۔ایم۔ایف کو جس قدر پذیرائی بخشی ہے اُس کے بعد کیلریز کی تمام تر قلت کے باوجود ہمارے حوصلے جواں اور ہم جواں تر ہو گئے ہیں۔ ہمیں ہرگز ہرگز یہ اندازہ نہ تھا کہ آپ ہمارے قیافوں اور اندازوں کا اس قدر اثر لیں گے کہ گھڑی کی چوتھائی میں ہمارے اندیشوں کو یقین میں بدلتے ہوئے پاکستان کی نوزائیدہ حکومت کی درخواست پر آناً فاناً لبیک کہتے ہوئے وہ سب کچھ منظور اور قبول فرمالیں گے جو کچھ عرضداشت میں تحریر کیا گیا ہے اور جو نہیں بھی کیا گیا اُس پر بھی صاد فرمادیں گے۔ ہماری باچھیں تو مارے خوشی کے اس لیے بھی کھِلی جا رہی ہیں کہ آپ کی ہدایت یا خواہش پر عزیزہ آئی۔ایم۔ایف نے درخواست میں درج کردہ قرض کی رقم میں از خود اضافہ بھی فرما دیا ہے۔ معاف کیجیے گا! قلم کی جنبش نے

امداد کو قرض تحریر کر دیا ہے جس کے لیے ہم سراسر شرمندہ ہیں۔

ملاحظہ فرمایئے! غلطی قلم نے کی اور گھوڑے ذہن نے دوڑانا شروع کر دیے۔ رہ، رہ کے ایک سوال ہمیں تنگ کیے جاتا ہے! آپ جناب کی فراخدلی کے طفیل ورلڈ بنک اور آئی۔ایم۔ایف ہم جیسے غریب اور مفلوک الحال ملک کو جس فیاضی اور فراوانی سے قرض فراہم کر رہے ہیں (معافی چاہتا ہوں قرض نہیں امداد) اُس کے مقابلہ میں غربت، مہنگائی، بے روزگاری اور بے اطمینانی کئی گناہ بڑھ گئی ہے۔ ہر نئی آنے والی حکومت آتی سہانے خواب دکھلا کر ہے اور مسند نشین ہوتے ہی سابقہ حکمرانوں کی کارگزاری بتلا کر ڈراؤنے خواب دکھلانے لگتی ہے جس کا مقصد نئے سرے سے قرض یعنی امداد لینا ہوتا ہے۔

میرے حضور! نئی جمہوری حکومت نے تازہ بہ تازہ خوشخبری یہ سنائی ہے کہ ہم مجبور ولاچار اٹھارہ کروڑ لوگوں پر ڈیڑھ دہائی پہلے جو قرض دو ہزار آٹھ سو ارب پاکستانی روپے واجب تھا وہ اب بڑھ کر چودہ ہزار آٹھ سو ارب پاکستانی روپے میں تبدیل ہو گیا ہے۔ اس حساب سے ہر معصوم اور بے قصور پاکستانی شہری مبلغ اکیاسی ہزار روپے نصف جن کا چالیس ہزار پانچ سو پاکستانی روپے بنتا ہے کا مقروض ہے۔

یقیناً! یہ رقم آپ یا آپ کے ملک کے شہریوں کے لیے کوئی معنیٰ نہیں رکھتی۔ آپ کے ہاں اوسط درجے کی حیثیت والا شخص بھی اس سے زیادہ رقم ماہانہ کما کر آسودہ حال رہتا ہے مگر عالیجاہ! میرے ملک کے اٹھارہ کروڑ لوگوں کی غالب اکثریت اتنی بڑی رقم کمانا تو کجا یکمشت دیکھنے اور شمار کرنے سے بھی قطعی نامانوس ہے۔ اب میرے ملک کے سادہ اور اَن پڑھ لوگوں کے ذہن میں یہ بات کسی طور نہیں سما رہی کہ آپ کی میرا مطلب ہے ورلڈ بنک اور آئی۔ایم۔ایف کی جانب سے ملنے والی رقم امداد ہے تو یہ قرض ہمارے سروں پر کیونکر چڑھ آیا؟

طرفہ تماشا یہ ہے کہ قرض یا امداد کی ایک پائی بھی ملنے سے قبل بجلی، گیس، پٹرول کے ڈرون ہمارے سروں پر برسنا شروع ہو گئے ہیں۔ سب سے بڑھ کر یہ کہ اِن بنیادی ضرورتوں کی گرانی کے بعد مہنگائی کا اگلا طوفان جو ہمارے سروں پر منڈلا رہا ہے اُسے سوچ کر ہی حال آ رہے ہیں۔ ہر خواندہ اور ناخواندہ پاکستانی سوتے، جاگتے میر تقی میر کی آواز میں آواز ملا کر دہائی دیتا نظر آتا ہے:

میر کی تجھ سے توقع تھی ستمگر نکلا
موم سمجھے تھے ترے دل کو سو پتھر نکلا

حضورِ والا! مشہور چینی کہاوت آپ کی نظر سے ضرور گزری ہوگی ''چھوٹے راز شور مچاتے ہیں اور بڑے راز خاموش ہو جاتے ہیں'' اس کے باوجود آپ سے التجا ہے کہ رازداری ہی میں سہی آپ ہمیں قرض اور امداد کا فرق بتلا دیجیے! ساتھ ہی اس امر کی وضاحت بھی کر دیجیے کہ آپ کی بھرپور سرپرستی، توجہ اور راہنمائی کے باوجود ورلڈ بنک اور آئی۔ایم۔ایف سے رجوع کرنے والے ممالک بالخصوص پاکستان اس قدر مفلوک الحال کیوں ہے؟ اس وقت ہمارا دل چاہتا ہے کہ ہم آپ کی خدمت میں CONFESSIONS OF AN ECONOMIC HITMAN کے منصف جان پرکنز اور راز افشائی کے بادشاہ ایڈورڈ جوزف سنوڈن کے حوالے سے وہ تمام اعداد و شمار پیش کریں جن سے ورلڈ بنک اور آئی۔ایم۔ایف کی خوشحالی اور تیسری دنیا کی بدحالی کی تصویر نمایاں ہوتی ہے مگر فسادِ خوفِ خلقِ خدا کے ڈر سے خاموش ہیں۔

بندہ پرور! ہماری گزارشات کے جواب میں اگر آپ ہم یا ہمارے ملک کے صاحبِ اختیار لوگوں کو ذمہ دار ٹھہرائیں گے تو یہاں یہ سوال ضرور سر اٹھائے گا کہ ان لوگوں کو ہماری قسمت کا ناخدا بنانے والی طاقت کون ہے؟ کون ہے جو روزِ اوّل سے خود ساختہ اشرافیہ کے سیاہ و سفید کارناموں سے چشم پوشی کیے ہوئے ہے؟ کون ہے جو ایک ہاتھ سے دے کر دوسرے ہاتھ سے واپس لے رہا ہے؟ کون ہے جو ہمارے خون سے نچڑی ہوئی ناجائز دولت کو تحفظ فراہم کر رہا ہے؟ کون ہے جو جنگل کے بادشاہ شیر کی مانند ''پہلا حصہ اپنے حق کے مطابق، دوسرا جنگل کے بادشاہ کے طور پر، تیسرا سب سے زیادہ طاقتور ہونے کی وجہ سے اور چوتھا جو اُس کی طرف بڑھا وہ سلامت نہ رہے گا'' کے مطابق تقسیم کر رہا ہے؟

میرے بادشاہ! آپ بڑی سرکار ہیں۔ آپ کی ذمہ داریاں بھی بڑی ہیں تو کیا آپ کا دل بڑا نہیں ہونا چاہیے! بڑے دل والے ہمیشہ عدل و انصاف کے خوگر ہوا کرتے ہیں اگر ہم آپ سے عدل و انصاف کی توقع نہیں کریں گے تو کیا جنگل کے بادشاہ کے پاس جا کر انصاف مانگیں گے؟ نہیں ہرگز نہیں۔ یہ انصاف آپ ہی کو کرنا ہے اور بروقت کرنا ہے اگر اس میں ذرا سی بھی کوتاہی یا تاخیر ہوئی تو میرے ملک کے اٹھارہ کروڑ مجبور و مقہور انسانوں کے ساتھ دنیا کے تمام محروم طبقات یہ سوچنے پر مجبور ہوں گے کہ آپ کے ہاں بھی جمہوریت کی تعریف آسکر وائلڈ کے فلسفے ''جمہوریت کے طلب گاروں پر اُن کا اپنا ڈنڈا اُن کی ننگی پیٹھوں پر برسانا چاہیے'' کی روشنی میں کی جاتی ہے۔

خدانہ خواستہ! ہمارے خدشات درست ہوئے تو یہ انسانی تاریخ کی بڑی بلکہ بہت بڑی بدقسمتی ہوگی! ہمارا دل، یہ سوچ کر ہی بیٹھنے لگتا ہے کہ آج کی خود ساختہ مہذب اور تہذیب یافتہ سوسائٹی کو آنے والی نسلوں کے سامنے جس خفت اور شرمساری کا سامنا ہوگا اُس کا ازالہ کس طور ممکن ہو سکے گا؟

جہاں تک ہماری ذات، ہمارے ملک اور ہمارے لوگوں کا سوال ہے تو اُن کی سوچ، جذبات اور احساسات کی ترجمانی ہم سابقہ عریضے میں منظوم شکل میں کر چکے ہیں۔ اس بار بھی اُس کی پیروی کرنے پر مجبور ہیں:

یہ بازی زیست کی بازی ہے
یہ بازی تم ہی ہارو گے
ہر پیٹھ ہماری ننگی ہے
تم کتنے ڈنڈے مارو گے

صبح کے قریب

ناصر بغدادی

اور پھر کتنے ہی ایسے لمحے تھے جو انار کے درخت کی گہری ہری پتیوں کے درمیان لگے ہوئے بے حد سرخ پھولوں سے اپنا دامن جھلساتے ہوئے آگے بڑھ گئے۔ وہ اس اجنبی کو نہ بھلا سکی، وہی وجیہہ شخصیت، سنورے سلجھے بال جن کی روغنی سطح پر نور کی دھاری سی تھی۔ اور پھر وہ بے حد کالی آنکھیں۔۔۔لوگ کس قدر آسانی سے آ کر دل کی پرسکون جھیل پر پتھراؤ کرتے ہیں، یوں ابھی لمحہ پورا ابھی نہ گزرا تھا کہ برسوں کا مندمل شدہ زخم تازہ ہو کر پھر مہک اٹھا، برسوں کی ہم آہنگی سے گزرتی ہوئی زندگی ایک دھچکے کے ساتھ طوفان کی آغوش میں پسر گئی۔ وہ اجنبی گڑیا لڑکی! وہ تو سمجھی تھی داستان تکمیل کے سارے مراحل طے کر چکی ہے، اسے کیا پتہ تھا ایک دردناک انداز سے آج پھر اس داستان کی ابتداء ہوگی۔ تاریخ نے پھر اپنے آپ کو دہرایا۔۔۔تلخ حقائق کے بے حد طویل حصار سے وہ بھاگ آئی تھی، مگر قیاس غلط تھا، افق کی سرحدیں ہر بڑھتے ہوئے قدم کے ساتھ دراز ہوتی ہی چلی جاتی ہیں۔ سارے من پسند پھول جھلس کر رہ گئے، زندگی کے طربیہ صحیفے سے بے حد رومانی باب کے اوراق کسی نے پھاڑ دیے تھے۔

یوں لگا جیسے بڑے زور کا دھماکہ ہوا ہو۔ جیسے آسمانی روئی کی طرح دھنک دیا گیا ہو، اور بے حد چمکیلے ستاروں کی گرد ہر طرف پھیل گئی ہو اور وہ اپنی دنیا میں لوٹ آئی۔ خیالات پھلجھڑی کی طرح بکھر گئے۔ اس نے یوں ہی کار کے شیشے سے باہر دیکھا۔ کوئی اہم بات نہ تھی۔ سگنل کے قریب پہنچتے پہنچتے سرخ روشنی اُبل پڑی تھی، یوں ہی یہ سرخ روشنیاں دل کی دنیا میں پھیل کر سبز روشنیوں کو بارہا نگل لیتی ہیں۔ اس نے یوں ہی ایک طویل سانس لی۔ برابر اسٹیرنگ پر جھکے اس شخص کو دیکھتی رہی جو اسے مسلسل گھور رہا تھا۔۔۔جیسے ہو اس لڑکی کو جانتا ہے، اس کے وجود کو خوب سمجھ چکا ہے۔ مگر یہ وہ تو نہیں۔ وہ تو بے حد پیاری ننھی منّی معصوم سی بچی ہے جس کی آنکھوں میں لڑکپن کی شرارت سے کوئی نتھری نتھری چمک ہر وقت چم چم کرتی رہتی ہے۔ لیکن یہ کیا! اب تو یوں لگتا ہے جیسے کوئی بہار کی اُجلی اُجلی اُداسی تھی جو اس کی بجھی بجھی آنکھوں میں بھری تھی۔ ''یہ آدمی اُف میں اُسے کس قدر چاہتی ہوں''۔ آگے وہ کچھ نہ سوچ سکی۔ یہ اس کی پریشانی سے کس قدر بے چین ہو گیا تھا۔

شام کا نڈھال سورج کب کا غروب ہو چکا تھا اور اب تو ہر ہر شئے پر دونوں وقت ملنے کی نیلاہٹ پھیل چکی تھی، کار جھٹپٹے کے کاسنی رنگ میں رنگی سڑک پر پھسلتی رہی، پھسلتی ہی رہی۔ اس نے ایک بار پھر محبت کی تمام نرمی لیے اس شخص کو دیکھا جو آڑے ترچھے راستوں سے اسے منزل کی طرف لئے جا رہا تھا۔ اس نے بھی تو یہی سوچا تھا، کاش یہ مرد جس کے بازوؤں میں زمانے کے دُکھ درد نارسا ہی رہ جاتے ہیں ہمیشہ اسے زندگی کے بے حد الجھے راستوں سے منزل کی طرف لے جائے۔ لیکن۔۔۔۔وہ دو بے حد خوفناک آنکھیں، اجنبی کی آنکھیں، اسے یوں لگا اب اس کی کشتی کے کھیون ہار کا دل تیز و تند جذبات کا آتش کدہ بن چکا ہوگا اور شبہات کے تیر اسے انتقام پر اکسائیں گے۔

''طبیعت تو ٹھیک ہے نا؟'' اس نے اتنی محبت، اتنی نرمی اور تقدس سے کہا جیسے وہ دودھ اور شہد سے بنی ہوئی کوئی بے حد نازک گڑیا ہو جو معمولی سی کرختگی سے بھی تحلیل ہو جائے گی، ایک یہ لہجہ تھا، اور دوسرا اس بارعب شخصیت کا جسے سنتے ہی وہ دہل کر رہ گئی تھی۔

خیالات نے پھر اسے اپنی گرفت میں لے لیا۔

''کن خیالوں میں کھو گئی ہو تم'' اس نے بڑی نرمی سے اس کا شانہ تھپتھپاتے ہوئے پوچھا۔ مگر وہ کہاں تھی۔۔۔؟ اسے کچھ ہوش نہ تھا۔ خیالات ہی اس کا سارا سرمایہ تھے، بس اسے اتنا معلوم تھا، اس نے کچھ کہا ضرور ہے۔ کہا کیا ہے؟ یہ معلوم نہیں۔ اب وہ اجنبی کسی دن گھر آئے گا، پھر ڈرائنگ روم کے سارے دروازے بند ہو جائیں گے اور وہ دروازے کے پیچھے دھڑکتے دل کے ساتھ سب کچھ سُن رہی ہوگی۔ بے حد مدّ ہم سرگوشیوں میں راز ایک سینے سے دوسرے انسان کے سینے میں منتقل ہو جائے گا اور پھر اس کی زندگی۔۔۔؟ یا یوں نہیں تو پھر ایک شام جب سورج ابھی ابھی ڈوبا ہوگا۔ سرسراتے خوشبودار لمحے ایک دوسرے کے تعاقب میں سرگرداں ہوں گے تو ٹیلی فون کی گھنٹی بڑے زور سے بج اٹھے گی، پھر بجتی ہی چلی جائے گی اور پھر یہ شخص جو اس کے نزدیک بیٹھا ہے۔ بڑھ کر رسیور اٹھائے گا اور پھر۔۔۔زندگی کے سارے راز، اثاثے، سب کچھ مٹ جائے گا۔

''کیوں گڑیا رانی، بہت پریشان ہو؟'' اسے یوں لگا جیسے اس نرم لہجے میں استہزا کے بہت سارے تیر ہوں اور ہدف اس کا دل۔ تو اس نے یک بیک چونک کر کہا تھا۔ ''نہیں۔۔۔میں ٹھیک ہوں ہاں بالکل ٹھیک'' اور وہ صرف مسکرا کر رہ گیا جیسے اس سب کچھ معلوم تھا کہ اسے صرف اس لمحہ یہی کہنا چاہیے۔

کار آہنی پھاٹک سے ہوتی، سرخ بجری کی سڑک کو کچلتی برساتی میں جا پہنچی۔ اب کیا ہوگا؟ اس کا دل بُری طرح دھڑک رہا تھا اور خیالات کا حصار بہت پیچیدہ ہو چکا تھا۔ یہاں تک کہ اُس نے اُتر کر دھیمے سے اس کی طرف والا

دروازہ کھولا۔اب اتر آؤ۔تم کہاں کھوگئی ہو؟'' تو اسے ہوش آیا گھر آ گیا ہے۔ گھر۔۔۔؟نہیں نہیں۔۔۔اب میں اس گھر میں کیسے رہ سکتی ہوں۔میں نے اس کے مالک کو فریب دیا ہے اسے اپنی زندگی کی بابت قطعی لاعلمی میں رکھا ہے۔اس گھر پر میرا کیا اختیار؟ مگر وہ اس کا بے حد نازک سا ہاتھ تھام چکا تھا'' گھر آ گیا ہے، چلو اندر چلیں''۔

توچٹکیوں میں ساری کائنات بدل جائے گی، توبہ۔۔۔ابھی کتنے گھنٹے ہوئے ہیں جب ہم اس گھر سے شاداں وفرحاں نکلے تھے۔پھر اس نے نہایت بے دلی سے کپڑے بدلے اور بستر پر کسی ٹوٹی ہوئی شاخ کی طرح گر گئی۔ اس کے دل میں لاوا کھول رہا تھا۔اس کا جی چاہا اتنی بہت ساری الجھنوں کے حصار سے نکل کر کہیں دور کسی پُرسکون ٹیلے پر جا کھڑی ہو مگر الجھنوں کا حصار بہت طویل تھا۔میرے خدا! میں کیا کروں؟ اس شخص نے جو میری روح میرے جسم کا مالک ہے۔شائد سب کچھ جان لیا ہے اور اب۔۔۔؟ ایک دکھیا لڑکی جو بچپن میں متعفن فضا میں پلی بڑھی تھی، باپ ''گمنام'' اور ماں کا رات رات بھر محفلِ طرب سجانا۔۔۔اجنبی اجنبی۔۔۔کتنے بہت سے لوگ۔۔۔جیسے آدم کی ساری نسل تنہا ایک عورت کے تعاقب میں نکل پڑی ہو۔

اور اب اس شخص نے سب کچھ جان لیا ہے شاید اس اجنبی نے اسے ہر راز سے آگاہ کر دیا ہے۔اُف میرے خدا! تب ایسے ہی گراں لمحوں میں وہ اس کے بستر پر آ بیٹھا تھا'' کیوں تمہاری طبیعت تو ٹھیک ہے نا؟ ڈاکٹر کو رِنگ کر دوں'' اس نے نے اس ملائمت سے کہا تھا جو اس کی خصلت تھی لیکن وہ پریشانی میں اس درجہ بہک گئی تھی کہ ان الفاظ سے اسے استہزا کی بو آئی ''نہیں نہیں۔۔۔ نہیں۔۔۔آپ آرام کیجیے میں صبح تک ٹھیک ہو جاؤں گی'' اور بھلا ڈاکٹر اس کے درد کا کیا علاج کر سکتا ہے۔کیمیائی ادویات دل کے گھاؤ مندمل کر دینے پر قادر نہیں۔۔۔اور پھر بہت سارے لمحات بیت گئے۔رات کچھ اور بھیگ گئی۔کمرے میں ہلکی نیلی روشنی تھی۔معاً اپنے خیالات سے چونک کر اس نے دیکھا کہ وہ پائینتی سے لگا بیٹھا تھا'' ٹک ٹک'' سے لبریز بلوریں الماری پر ٹائم پیس کا ریڈیم ڈائل نیم شب کا اعلان کر رہا تھا۔۔۔تو وہ بڑے زور سے چونکی۔جیسے کسی نے دل کی دنیا تباہ کر کے رکھ دی ہو یہ شخص۔۔۔آخر کب تک میرے لیے پریشان رہے گا۔پھر اس نے بڑی لجاجت سے درخواست کی کہ'' آپ جا کر سو جائیے'' وہ بڑے بوجھل دل سے اٹھا اور برابر کے پلنگ پر جا پڑا۔

خیالات کا یہ حصار۔۔۔ساری رات وہ جنگ میں زخمی ہونے والے سپاہی کی طرح بے چینی سے پہلو بدلتی رہی۔کائنات پر اداسی پھیلنے لگی۔ باہر سرما کی ساری ٹھنڈک شاہِ بلوط کے سائے میں ہلکورے لے رہی تھی، خاموشی۔۔۔اتھاہ سناٹا۔۔۔اس نے آنکھیں بند کر لیں۔۔۔گھمبیر خاموشی میں ماضی کے ڈولتے ہوئے لمحے۔۔۔ان لمحوں میں اس نے ماضی کو چپکے چپکے جمع کرنا شروع کر دیا۔اس قدر رازداری سے کہ کہیں برابر میں سوئے انسان کو ان کی خبر نہ ہو جائے۔

اس شام وہ کس قدر خوش تھی، دعوت میں جانے سے پہلے اس نے کتنی ہی بار آئینہ میں اپنے سراپے کا جائزہ لیا تھا اور اس کے جھومر کا درخشاں ستارہ اس شخص نے کسی قدر ملائمت سے بارہا اپنے ہاتھ سے چھوا تھا۔اپنے پیار بھرے ہاتھ سے! مسرّت اس کے جسم کے ہر حصے سے کھیل رہی تھی، جیسے دنیا میں ساری فرحت اور انبساط، سب کی تنہا وہی مالک تھی۔

پھر وہ دعوت میں پہنچے تھے، جہاں کتنے بہت لوگ تھے۔جانے پہچانے، بیگانے، نوجوان، خوب صورت، شادی شدہ جوڑے جن سے شناسائی تھی، اُن سے گھل مِل کر گفتگو ہو رہی تھی۔جو بیگانے تھے ان سے محض تعارف ''سب کی نظریں ہم دونوں پر ہی تھیں''۔اور جب وہ تھک گئی تو اس شخص کے ساتھ جو اس کا اپنا تھا، ایک دور دراز صوفے پر جا بیٹھی۔تھکن سے وہ نڈھال ہو چلی تھی۔دونوں نے ایک دوسرے کو بڑی محبت سے دیکھا پھر ہولے سے مسکرا دیے۔''دیکھا تم نے! یہ سب ہماری محبت کے امین ہیں۔''

مگر بڑی بے تکلفی سے کسی نے اس کے شانے پر ہاتھ رکھ دیا۔وہ چونکی۔اس کے سامنے بیش قیمت سوٹ میں ملبوس وہی اجنبی کھڑا تھا جس نے اس کے دل کی دنیا تہہ و بالا کی تھی۔ادھیڑ عمر کا ایک اجنبی باادب، باوقار مگر کس قدر سفاک!

''فرمائیے۔۔۔؟'' مخاطب کرنے کا یہ طریقہ اسے بے حد ناگوار گزرا تھا۔آخر میرے نزدیک بیٹھا میرا مالک کیا سوچ رہا ہوگا۔یہ اجنبی کون ہے جو مجھ سے اتنا بے تکلف بننے کی کوشش کر رہا ہے، وہ بے تکلفی سے اس کے قریب ہی بیٹھ گیا۔

''معاف کیجیے گا، کیا آپ ہی راحلہ ہیں؟'' اس نے یوں کہا جیسے آپ راحلہ ضرور ہیں مگر یہ کون تھا؟ میں نے تو اسے کبھی نہیں دیکھا اس نے نہایت احتیاط سے گھٹی گھٹی آواز میں کہا تھا'' جی مگر؟''

''اوہ۔شائد آپ نے مجھے پہچانا نہیں۔ہاں مگر آپ پہچانتیں بھی کیسے۔ان دنوں آپ بہت چھوٹی سی ہوں گی۔''

''بہت چھوٹی! وہ تھرّا گئی، سکتہ میں آ گئی۔اس نے اجنبی کی طرف دیکھا جو اسے کچھ ایسی بھوکی نظروں سے دیکھ رہا تھا جیسے اس کی ساری زندگی کا رس، امرت چوس لے گا وہ کانپ کر صوفے پر بیٹھے ہوئے شخص کے اور نزدیک آ گئی۔

آپ کی والدہ۔۔۔خیر ہٹائیے،'' یہ آپ کے شوہر ہیں نا؟ آپ تو اپنی والدہ کا ہو بہو عکس ہیں''۔اس کی مسکراہٹ اور گہری ہوگئی وہ پتلون کی جیب میں ایک ہاتھ اُڑسے، دوسرے میں یخ مشروب کا لہریئے دار جگ لئے بڑی عجیب نظروں سے اُسے دیکھ رہا تھا۔جیسے سوچ رہا ہو، سمجھ رہا ہو، پہچان رہا ہو۔۔۔پھر وہ دھیمے سے یوں مسکرایا جیسے اس کی ساری شخصیت اپنے تمام اسرار کا

لبادہ اتار کر کھال اُترے چوزے کی طرح بالکل ننگی ہو کر رہ گئی ہو۔ وہ یک لخت ان تیز بھالے کی طرح چھیدتی ہوئی نظروں سے ہراساں ہوگئی اور اس طرح اپنے سارے بدن پر عجیب اضطراری انداز میں ہاتھ پھیرا جیسے وہ اس اجنبی کے سامنے عریاں ہونے سے کترا رہی ہو۔ وہ گم صم ٹکٹکی باندھے اسے دیکھا کی ''لہریئے، سرمئی، ہلکے، کتھئی اور پھر بے شمار رنگوں کے لہریئے اس کے چاروں طرف پھیل گئے۔ لاشعور میں دھواں اٹھنے لگا۔ وہ اسے جانتی ہے پہچانتی ہے۔۔۔مگر اسے میں نے کہاں دیکھا ہے؟

دھواں، دبیز، اتھاہ دھواں، رنگین لہریئے، موجیں، دھاریں۔ یہ نوکیلی باریک کتری ہوئی مونچھیں، سنورے سلجھے بال۔۔۔ سخت بے رحم مسکراہٹ ! کہاں دیکھا ہے اسے میں نے۔۔۔ کہاں دیکھا ہے؟ جانے پہچانے پیکر آپس میں الجھنے لگے۔ اوہ۔۔۔ ہاں تو یہ وہ ہے اسے بمشکل اعتبار آیا۔ وہ چیخ دیتی۔ حقیقت اس قدر تلخ بھی ہوتی ہے۔

دو جسم۔۔۔ ہلکی ہلکی آنچ، اماں اور اجنبی۔۔۔ کتنے ہی اجنبی مگر اس نے اسرار آمیز چیخ کو گھٹ جانے دیا۔ تو یہ یہاں کیوں چلا آیا ہے۔ بہت سی بھولی ہوئی باتیں، گزرے بیتے حادثے۔۔۔ اُس کا شعور یک بیک تیز ہو گیا۔ اماں اور اجنبی، منسلک جسم! عنابی پردہ اور ایک ہراساں ننھی بچی۔ یہ سب کیا ہو رہا ہے؟ مگر اب وہ جان چکی تھی، وہ سب کیا تھا۔ عنابی پردے کے عقب میں سب کیا ہو رہا ہے؟ یہی سب تو بارہا اس کے ساتھ بھی ہوا تھا۔ مگر کتنے تقدس سے محبت سے، خلوص سے اور اس شخصیت کے حضور جسے اس سے بے پناہ محبت تھی۔ اس میں گلی کوچوں، کوٹھوں والی بے حیائی نہ تھی، پیشہ نہ تھا۔ صرف تقاضوں کی بات تھی جنہیں بے پناہ تقدیس سے پورا کیا گیا تھا، صرف ایک مرد تنہا ایک عورت۔۔۔ اماں۔۔۔ اور کتنے ہی اجنبی، ایک عورت کتنے مرد، فرق صرف یہی تھا۔

تب اس نے پھر اجنبی کی طرف دیکھا۔ وہ اب اجنبی کہاں رہا تھا؟ اس نے بھی جب اس کی خوفزدہ آنکھوں کا بدلا ہوا طور دیکھا تو سب کچھ سمجھ گیا۔ ان جھیل جیسی اتھاہ آنکھوں میں اب اجنبیت نہ تھی، وہ یوں مسکرایا، وہ یوں ہراساں ہوئی جیسے وہ دونوں ایک دوسرے کو بخوبی پہچان چکے تھے! اور اس کی روح اور جسم کا مالک یونہی چپ چاپ نظروں اجنبیت سے شناخت تک کے اس عمل کو دیکھا کیا۔ تب اس کی آنکھوں میں تاریکیاں پھیلنے لگیں۔ اس کا محبوب! چپ چاپ اس بھولی بھالی دکھیا لڑکی کے چہرے پر تیزی سے آنے جانے والے رنگوں کو دیکھتا رہا۔ اس نے ایک لفظ بھی نہ کہا، جیسے اسے معلوم تھا۔ اس نے اگر ایسا کر دیا تو اس کے دل کی دنیا جو تہ و بالا ہونے کے قریب ہے واقعی تباہ ہو جائے گی۔ پھر وہ اٹھا، نہایت اعتماد سے اس کا ہاتھ تھاما اور اجنبی کو حیران چھوڑ کر اسے لے کر نکل گیا۔ وہ جاتے جاتے اُسے کن آنکھیوں سے دیکھتی رہی۔ اجنبی کی آنکھیں ان دونوں کا تعاقب کرتی رہیں۔ پھر جب، اس کی آنکھوں سے شعلے برسنے لگے تو اس نے ایک ہی سانس میں سارا مشروب حلق میں انڈیل لیا۔

یکایک ماضی کی کتاب کے سارے اوراق ختم ہو گئے تو اس نے چونک کر برابر سوئے ہوئے انسان کو بڑے پیار سے دیکھا مگر وہ سو کہاں رہا تھا؟ اس کی ساری کیفیات کا جائزہ لے رہا تھا اور اپنی طرف اسے متوجہ پا کر آنکھیں بند کر لی تھیں۔

عفونت میں پڑے ہوئے گلاب کے پھول کو نہایت تقدس سے اٹھا کر سینے سے لگانے والے اس شخص کو اس نے اس کی محبت کا کیا صلہ دیا تھا۔ اُف توبہ، مرے خدا! کاش میں نے اسے پہلے ہی سب کچھ بتا دیا ہوتا۔ میں تمہارے لائق نہیں، تم تو دیوتا ہو اور میں ایک ادنیٰ داسی! مجھے تو تمہارے چرنوں کی مٹی اُٹھانے کا بھی حق نہیں! کاش میں نے اسے پہلے ہی سب کچھ بتا دیا ہوتا، پھر کسی دن آپ ہی آپ جب وہ اس راز کو جان لے گا تو۔۔۔؟ وہ اجنبی، اس کی آنکھوں کی بے رحمی میری دنیا تباہ کرنے کے درپے ہے! اُف توبہ! وہ اسے سب کچھ بتا دے گا، یکایک اسے سینے میں بڑے زور کی جلن محسوس ہوئی۔ آج کی رات بھی کتنی طویل ہے۔ کیا صبح کبھی نہیں ہوگی، تب اس نے اٹھ کر پاس ہی محوِ خواب چہرے پر محبت میں ڈوبی ایک نظر ڈالی اور سرد رات میں ننگے پیر ہی باہر نکل گئی۔ وہ یک لخت اٹھا اور دروازے تک آیا۔ ''بیچاری دکھیا لڑکی'' پھر جب اسے اطمینان ہو گیا کہ وہ پائیں باغ میں ٹھنڈی اوس پر چہل قدمی کر رہی ہے اور کسی خطرناک ارادے سے باہر نہیں نکلی تو وہ بھی بستر پر آ کر گر پڑا۔ ''بیچاری دکھیا لڑکی!''

''نہیں نہیں، میں صبح ہوتے ہی اسے سب کچھ بتا دوں گی، میں اب اسے اور دھوکہ نہیں دے سکتی، میں اس سے سب کچھ کہہ دوں گی اور پھر چپ چاپ، ہمیشہ کے لیے اسے اور اس کے گھر کو چھوڑ کر چلی جاؤں گی۔ میں اس کی بے لوث محبت کا مذاق نہیں اُڑاؤں گی۔''

لیکن اس فیصلہ پر بھی اس کی بے تابی کم نہ ہوئی، وہ اندر لوٹ آئی لیکن بڑے زور کا چکّر آیا اور وہیں دھڑم سے فرش پر ڈھیر ہو گئی۔

''کون؟'' وہ پھر اٹھا۔ ''ارے تم'' اس نے فوراً اسے سنبھالا۔

''کیا بات ہے؟ تم شام ہی سے بہت پریشان ہو۔''

اس نے آنسو بھری آنکھوں کو گردش دی ''تم مجھے۔۔۔ ابھی تک۔۔۔'' میں نے تو کس بُری طرح آپ کی محبت کا مذاق اُڑایا ہے۔ میں بہت بُری ہوں۔ سچ بہت بُری۔۔۔ میری ماں ایک۔۔۔'' پھر اس کی قوتِ گویائی جاتی رہی۔ آنسو بے اختیار چھلک پڑے۔ اس نے بڑے غور سے اسے دیکھا۔ آگے بڑھ کر اسے سنبھالا۔ ڈبڈبائی آنکھوں سے پشیمانی کے موتی اپنی شب خوابی کے ملبوس میں اک شان کریمی سے جذب کیے اور پھر کھلکھلا کر ہنس دیا۔ ''پگلی لڑکی صرف اتنی سی بات، ناحق پریشان ہو یہ تو میں بہت پہلے سے جانتا تھا اور شائد یہ تمہیں معلوم نہیں کہ تمہیں اپنانے کا محرک تمہارا ماضی ہی تھا۔ بس چلو اب سو رہو، صبح ہم زندگی کی از سرِ نو ابتداء کریں گے''۔

ذوقِ اسیری

سید سعید نقوی

جب پہلی بار اس پر میری نظر پڑی تو وہ صوفے پر بیٹھا بہت تحمل سے کسی کی بات سن رہا تھا۔ نہ جانے کیوں مجھے لگا کہ وہ متوجہ تو ہے لیکن سن نہیں رہا۔ یقیناً آپ کو کبھی نہ کبھی اس بات کا تجربہ ضرور ہوا ہوگا۔ وہ کچھ ایسا ترچھا بیٹھا تھا کہ اس کی شکل بھی پوری طرح نظر نہیں آئی لیکن اس ادھورے رخ میں بھی وہ اتنا پرکشش لگا اور کچھ ایسی اپنائیت محسوس ہوئی کہ میں آہستہ آہستہ کھسکتا ہوا اس کی جانب بڑھنے لگا۔ اس افطار میں کوئی پچیس کے قریب لوگ موجود تھے۔ میں کھانے کے کمرے میں ایک ہاتھ میں شربت کا گلاس اور دوسرے ہاتھ میں کھانے کی پلیٹ تھامے کھڑا تھا۔ روزہ افطار کرنے سے سوکھے حلق تر کیا ہوئے گرمئی بازار بڑھ گئی، باہمی بیزاری یگانگت میں بدل گئی۔ بھوک انسان کے جذبات اور تعلقات کی نوعیت متعین کرتی ہے۔ اب ہر شخص محوِ گفتگو نظر آرہا تھا۔

میں بڑھتے بڑھتے صوفے کے نزدیک پہنچا تو وہ سننا ختم کر کے اب بہت سنجیدگی لیکن شائستگی سے تین چار لوگوں کی توجہ حاصل کئے بول رہا تھا۔ مجھے محسوس ہوا کہ موضوعِ گفتگو سچائی ہے:

'اہم بات یہ ہے کہ آپ اپنے آپ سے سچے ہوں' اتنی بڑی سچائی وہ کتنی آسانی اور روانی سے بیان کر رہا تھا شاید اسی لئے لوگوں کی توجہ قائم تھی۔ 'آپ کے افعال کو مختلف لوگ مختلف معنیٰ دے سکتے ہیں لیکن یہ فعل کس نیت سے کیا گیا ہے یہ تو صرف فاعل ہی بتا سکتا ہے۔ اگر انسان اپنے آپ سے سچا ہے تو اسے اپنی نیت، فعل اور اس کے نتیجے کا شعوری یا لاشعوری ادراک ضرور ہوگا'۔ گفتگو بہت خشک مگر دلچسپ تھی، میں وہیں جگہ بنا کر بیٹھ گیا۔ وہ میرا ہم عمر تھا۔ جسم فربہی کی طرف مائل، گندمی رنگت ناک پر عینک دھری تھی۔ شاید یہ اپنی ذات سے مشابہت تھی کہ وہ مجھے اتنا پُرکشش لگا۔ یہ شاید خود پرستی کی سب سے نچلی سطح ہے۔

'آدمی اپنے آپ سے سچا ہو بھی، لیکن بیرونی عوامل تو اس کے ہاتھ میں نہیں ہوتے، لہٰذا نتیجے کا ادراک اسے کیسے ہو سکتا ہے؟' میں نے اعتراض کیا اس نے مجھے بغور دیکھا، آنکھوں میں دلچسپی ابھر آئی۔

'آپ درست کہہ رہے ہیں لیکن یہ ردِ عمل متوقع ردِ عمل سے مختلف ہوگا، لیکن متوقع اور اصل دونوں ردِ عمل کا ادراک تو ضرور ہوگا، مجھے اپنی بات کی پہلے ہی وضاحت کر دینی چاہیئے تھی، میرا مطلب متوقع ردِ عمل سے تھا'۔

ہم لوگ مزید تقریباً ایک گھنٹا گفتگو کرتے رہے، ادھر اُدھر کی بے ضرر سی گفتگو جس کا بظاہر کوئی معنیٰ و متن نہیں ہوتا لیکن حقیقتاً اس بے معنی گفتگو کے دوران کہیں مستقبل کے تعلقات کا زاویہ قائم ہو جاتا ہے۔ میرے ذہن کے کسی گوشے نے یہ بات قبول کر لی تھی کہ یہ ملاقات یہیں ختم نہیں ہوگی بلکہ ہم دوبارہ ملیں گے اور بار بار ملیں گے۔

ہماری دوسری ملاقات میرے گھر پر ہوئی۔ وہ ایسی آسانی سے میرے ماحول میں گھل مل گیا جیسے یہ اس کے لئے بالکل اجنبی نہ ہو۔

'کیا کام کرتے ہیں آپ؟'۔ کتنا بے ضرر عام سا سوال تھا اسکا۔ میری تمام گفتگو اس سوال سے کوسوں دور رہتی تھی۔ پھر بھی یہ خدشہ کہ کسی وقت یہ سوال ہوگا ضرور۔

'فی الحال تو کچھ نہیں کرتا۔ دراصل پاکستان سے ایم بی بی ایس کا امتحان پاس کرنے کے آٹھ مہینے بعد ہی یہاں امریکہ آ گیا تھا۔ شادی کے ذریعے گرین کارڈ مل رہا تھا تو یہ ہجرت بھی کر ڈالی۔ اپنی ایک سال کی انٹرن شپ بھی مکمل نہیں کی۔ اب یہاں بغیر ایک سال کی انٹرن شپ کے میں یہاں قانوناً ڈاکٹری بھی نہیں کر سکتا۔ یہاں کے سارے امتحان تو پاس کر لئے ہیں۔ لیکن کیوں کہ پاکستان میں صرف نو ماہ کی ہی انٹرن شپ کی تھی، جس کا سرٹیفکیٹ بی موجود ہے، لیکن صرف تین ماہ کی کمی کی وجہ سے معاملہ الجھ گیا ہے۔ سمجھ میں نہیں آتا کیا کروں؟'

'ہوں' نہ جانے کیوں مجھے ایسا لگا کہ جیسے اس کا لہجہ معنی خیز ہو گیا ہے، لیکن مجھے برا نہیں لگا۔ میں اس سے کتنی آسانی سے دل کی بات کہہ گیا۔ حالانکہ یہ ایسی دکھتی رگ تھی کہ جسے میں بہت کم لوگوں کے سامنے عریاں کرتا تھا۔

'تو پھر آپ نے کیا سوچا ہے' اس نے صوفے پر ذرا آگے ہو کر میری آنکھوں میں آنکھیں ڈال کر پوچھا۔

'کیا سوچوں، ایک سال کی انٹرن شپ تو یہاں کی بنیادی شرط ہے، جس سے مفر ممکن نہیں۔ یہی ممکن ہے کہ طب سے متعلق کسی اور شعبے میں کام کروں، ڈاکٹری تو یہاں یہ نہیں کرنے دیں گے۔'

'کوئی طریقہ تو ہوگا؟' وہ نجانے کیا پوچھنا چاہ رہا تھا۔

'نہیں، اور کوئی طریقہ نہیں' میں نے قطعیت سے جواب دیا۔

'اور آپ بتائیے، آپ کے کیا مشاغل ہیں' میں نے گفتگو کا رخ اپنی طرف سے پھیرنے کی کوشش کی۔

'ارے صاحب، میں بھی اتفاق سے شعبۂ طب سے ہی متعلق ہوں، بس ڈاکٹر نہیں ہوں'۔ اس نے زیادہ تفصیل نہیں بتائی تو میں نے بھی کریدنا مناسب نہیں سمجھا۔ بس ایک عجیب سا احساس ہوا جسے میں کوئی نام نہ دے سکا۔

اس کے جانے کے بعد بیوی نے آڑے ہاتھ لیا۔

'جب وہ پوچھ رہے تھے کہ کوئی اور طریقہ ہے کیا تو بتایا کیوں

نہیں؟'اس نے غصے سے میرا راستہ روکا

'تم ہماری باتیں سن رہی تھیں' امیر کہ آنے کے بعد سے مجھے غصہ بہت جلد آنے لگا تھا

'باتیں نہیں سن رہی تھی۔ایک کمرے کے اپارٹمنٹ میں باتیں سننے کی ضرورت نہیں ہوتی، باتیں نہ سننے کی کوشش کرنی پڑتی ہے۔منہ سے ادا ہونے والا ہر لفظ بند کمرے کی دیواروں سے ٹکرا ٹکرا کر نقارۂ خدا بن جاتا ہے۔

یہ ایک کمرے کا اپارٹمنٹ مجھے دن میں کئی مرتبہ یاد دلایا جاتا۔میرے دوسرے کئی دوست جو ڈاکٹر تھے بہت آسائش کی زندگی گزار رہے تھے۔بس میں ہی اس جنجال میں گرفتار تھا۔

'انہیں بتایا کیوں نہیں کہ دوسرا طریقہ ہے مگر خود ساختہ اصولوں کی بھینٹ چڑھا ہوا ہے' بیوی کی آواز میں طنز بھی تھا، شکایت بھی۔میرا اکڑا رویہ اسے کسی وقت بھی رلا سکتا تھا۔ میں جہاں اپنی مدافعت میں غصہ ور ہو گیا تھا، وہ روہانسی رہنے لگی تھی۔

'کیا بتاتا، کہ دوسرا طریقہ یہ ہے کہ ایک جھوٹا سرٹیفیکٹ بنوا لاؤں پاکستان سے؟' یہ بحث اتنی بار ہو چکی تھی کہ مجھے دونوں جانب کے دلائل زبانی یاد تھے۔

'نہیں آپ کیوں دوسرا سرٹیفیکٹ بنوا کر لائیں۔ ہم لوگ جو ہیں قربانی دینے کے لئے۔ایک کمرے کا اپارٹمنٹ، باوا آدم کے زمانے کی گاڑی۔ کوئی نئے کپڑے بنوائے سالوں ہو جاتے ہیں۔اسکول کے جونیئر اسسٹنٹ کی تنخواہ ہوتی ہی کتنی ہے کہ اس سے میں یہ گھر چلاؤں۔آپ کبھی پٹرول پمپ یا ڈالر شاپ پر کام کر کے کچھ پیسے بنا لیتے ہیں، مگر اس سے کہاں کام چل سکتا ہے۔ شرم نہیں آئی ڈاکٹر ہو کر یہ کام کرتے ہوئے؟'

'زیادہ شرم کی کیا بات ہے، کسی کے پٹرول پمپ پر گاڑیوں میں پٹرول بھر کے ایمانداری کی روزی کمانا، یا جھوٹے سرٹیفیکٹ کے سہارے دوبارہ اپنے کیریئر کا آغاز'۔ یہ بحث شادی کے چند ماہ بعد ہی شروع ہو گئی تھی اور اب اس کی عمر پورے دو برس کی ہو چکی تھی۔'میرا ضمیر نہیں مانتا۔ایک دفعہ یہ بے ایمانی شروع ہو گئی تو کہاں جا کر رکے گی؟' میں کوٹ اٹھا کر گھر سے باہر نکل گیا۔عموماً تو گھر میں عافیت ملتی ہے لیکن زندگی میں اکثر ایسے دوراہے بھی آتے ہیں جب عافیت گھر کے باہر نصیب ہوتی ہے۔

میری اس سے اگلی ملاقات بس اتفاقیہ ہی ہو گئی۔میں نیچے اسٹال پر کھڑا اخبار کی ورق گردانی کر رہا تھا کہ وہ آ گیا۔اخبار خریدنا ایک غیر ضروری خرچہ تھا جس سے بچنے کا طریقہ یہی اپنایا تھا کہ اسٹال پر کھڑے کھڑے ہی چند منٹوں میں سرخیاں پڑھ لیں۔

'میں یہاں سے گزر رہا تھا آپ کو دیکھا تو رک گیا' وہ میرے کندھے پر ہاتھ رکھ کر گویا ہوا۔

'بہت اچھی کیا' اس سے دوبارہ مل کر مجھے واقعی خوشی ہوئی تھی۔

'چلیئے کہیں بیٹھ کر چائے پیتے ہیں'

'یہ چائے میری طرف سے ہوگی' شاید میری ہچکچاہٹ سے وہ کچھ اور سمجھ بیٹھا تھا۔

'یہ ہجرت بعض دفعہ بہت قربانیاں مانگتی ہے۔سہولتیں ایسے ہی بے قیمت نہیں ملتیں، بڑا خراج دینا پڑتا ہے' اس نے میری آنکھوں مین دیکھتے ہوئے کہا۔

'مجھے کیا بتا رہے ہو، میں تو روز اسے جی رہا ہوں' میرے لہجے میں تلخی گھل آئی۔

'مجھے یقین ہے آپ ایک بڑے امتحان سے گزر رہے ہیں۔آپ کے ساتھی دوسرے ڈاکٹر سب پریکٹس کر رہے ہیں، اس سے یقیناً بہت ذہنی کوفت ہوتی ہوگی۔' کچھ دن پہلے تک میں اس موضوع پر بات کرنا پسند نہین کرتا تھا۔لیکن شاید مجھے خوشی ہوئی کہ اس نے یہ موضوع نکال لیا۔

'ہاں آپ صحیح کہہ رہے ہیں، پھر شریک حیات کا دباؤ الگ۔'

'ہاں آدمی اکیلا تو نہیں جیتا۔مرتا ضرور اکیلا ہے۔لیکن آپ نے بہت ثابت قدمی سے اس صورتِ حال کا مقابلہ کیا ہے'۔

'کیا ثابت قدمی مفلسی سے بہتر ہے؟'

'لیکن آپ اور کر بھی کیا سکتے ہیں؟'

'خیر کرنے کو شاید کچھ ہو تو سکتا ہے' میرے لہجے میں ہچکچاہٹ تھی۔

'ارے واقعی، کچھ ہو سکتا ہے اس سلسلے میں' وہ دلچسپی سے کرسی پر آگے سرک آیا۔دونوں کہنیاں میز پر تھیں، چائے کی پیالی اس نے میز پر رکھ دی۔اپنا چہرا ہاتھوں پر رکھے وہ مجھے غور سے دیکھ رہا تھا۔

'بات دراصل یہ ہے کہ میری بیوی کے ماموں کا لاہور میں ایک پرائیوٹ ہسپتال ہے، اور وہ پچھلی تاریخوں میں مجھے پورا ایک سال کا سرٹیفیکٹ دینے کو تیار ہیں، جس سے میرا مسئلہ حل ہو سکتا ہے' میں نے ذرا ہچکچاہٹ کے بعد اسے مسئلے کا حل کیسی روانی سے بتا دیا، حالانکہ یہ تذکرہ از خود کسی بدعنوانی سے کم نہیں۔

'ارے واقعی۔، تو پھر آپ نے کیا سوچا؟' اس کے جسم کے کسی حصے میں کوئی حرکت نہیں ہوئی تھی، آنکھیں آنکھوں میں ڈالے، نجانے لب بھی ہلے تھے یا نہیں۔ میرا خیال تھا کہ میری بات سن کر وہ کچھ سوچے گا، پیچھے ہٹے گا، ناراض ہوگا، کوئی مشورہ دے گا۔وہ تو بدستور چہرے پر نظریں گاڑے بت بنا مجھے دیکھ رہا تھا۔

'میں نے کیا سوچا ہے؟ میرے حالات آپ نے دیکھ ہی لئے ہیں۔اگر میں جعلی سرٹیفیکٹ بنوا لیتا تو دو سال پہلے ہی اس پل کو عبور کر لیتا۔مگر میرا ضمیر گوارا نہیں کرتا کہ میں فریب سے کام لوں' دیکھیں میرا لہجہ پھر تلخ ہو گیا۔

'مجھے آپ سے یہی امید تھی، میں یہی سننا چاہتا تھا' اس کی آواز میں جوش تھا، تعریف تھی۔'یہ ہر ایک کے بس کی بات نہیں، اس کے لئے بہت صبر چاہیئے، اپنی ذات پر یقین، سچائی پر یقین۔آپ جھوٹے سرٹیفیکٹ سے دوسروں کو

دھوکہ دے بھی دیں، لیکن خود سے کیسے جھوٹ بولیں گے'۔ اس نے ہاتھ بڑھا کر میز پر رکھے میرے ہاتھوں کو تھپتھپایا۔ میرے چہرے پر ایک پھیکی سی مسکراہٹ پھیل گئی۔ اندر کہیں دل کے نہاں خانے میں مجھے امید تھی کہ اس کا مشورہ اس کے برعکس ہوگا۔ وہ کہے گا 'رہنے دیجیے یہ دقیانوسی باتیں۔ ایک ذرا سے سرٹیفکیٹ سے اتنا فرق پڑ رہا ہے تو بنوا کیوں نہیں لیتے وہ سرٹیفکیٹ۔ اگر مقصد نیک ہو تو اس تک پہنچنے کے راستے غیر اہم ہو جاتے ہیں'۔ مگر اس نے ایسی کوئی بات نہیں کی۔ وہ میری مشکل آسان کرنے کے موڈ میں نہیں تھا۔

'کوئی نہ کوئی طریقہ نکل آئے گا، میں بھی ذہن میں رکھوں گا' اس نے مجھے تسلی دی۔ میں اٹھ آیا۔ یہ کیا ذہن میں رکھے گا۔ ایک آدمی کے لئے قانون بدلوا دے گا۔ لیکن میری تسلی کا اسے پاس ہے، اچھا دوست ہے یہ میرا۔

گھر پہنچتے تک میرا موڈ پھر بحال ہو چکا تھا۔ ایک اجنبی شخص کتنی تیزی سے میرے قریب آ گیا تھا۔ مگر اہم بات یہ تھی کہ اس نے روایتی آسانی کے بجائے مشکل راستہ چنا تھا۔ مجھے میری ذمہ داریوں کا واسطہ نہیں دیا تھا۔ اور میرے طرزِ عمل سے متاثر ہوا تھا میں ایک جھوٹے سرٹیفکیٹ کے سہارے زندگی نہیں گزار رہا۔ ہم میں سے کتنے لوگ کسی نہ کسی معنی میں یہ دعویٰ کر سکتے ہیں؟ ایک دفعہ سلسلہ شروع ہو جائے تو قدم قدم پر جھوٹے سرٹیفکیٹ آپ کے لئے دروازے کھول سکتے ہیں، آسانیاں فراہم کر سکتے ہیں، کچھ سالوں میں آپ بھول جائیں گے کہ آپ کا سرٹیفکیٹ جھوٹا ہے۔

گھر پہنچا تو بیوی بستر میں لیٹی تھی۔ میرا ماتھا ٹھنکا۔ جب معاملات زیادہ خراب ہو جائیں تو وہ نیک بخت بستر پر لیٹ کر چادر سر پر اوڑھ لیتی۔ آج بھی یہی منظر تھا۔ آثار اچھے نہیں تھے۔ میں بلاوجہ چیزیں ادھر ادھر اٹھاتا پٹختا رہا۔ مجھے معلوم تھا وہ جاگ رہی ہے، اسے علم تھا میں آ گیا ہوں۔ آخر ہار مان کر میں بہت پیار سے اس کے برابر میں بیٹھ گیا، اور چادر اس کے منہ پر سے ہٹا کر پوچھا:

'کیا ہوا؟'

اس کے آنسو رواں تھے۔ وہ مجھ سے لڑی بھی نہیں، دیکھتی رہی، بس دیکھتی رہی اور روتی رہی۔

'بھئی بتاؤ تو کیا ہوا، پاکستان میں تو سب خیریت ہے؟ میں نے پریشان ہو کر اسے جھنجھوڑا۔ منہ سے کچھ نہ بولی صرف اشارے سے ڈاک کی طرف متوجہ کیا جو اس کے سرہانے رکھی تھی۔ سب سے اوپر شاید کوئی بینک کا خط تھا جو کھلا ہوا تھا، اس سے نیچے کے لفافے ابھی کھولے نہیں گئے تھے۔ مجھے اندازہ تھا کہ بینک کے خط میں کیا ہوگا، دو مہینے سے گھر کے قرض کی قسط نہیں گئی تھی، اس قسم کا خط تو جلد یا بدیر آنا ہی تھا۔ اس خط میں دو ماہ کی مہلت دی گئی تھی کہ اب تک کی قسطیں ادا کی جائیں ورنہ مکان قرق ہو جائے گا۔ اس تحریر نے میری ساری دفاعی فصیلیں منہدم کر دیں۔

'اب کیا کریں' میں نے نیک بخت سے آنکھیں ملائے بغیر پوچھا۔

'کرنا کیا ہے، میں اسکول میں اسسٹنٹ رہوں گی، آپ پٹرول پمپ پر کسی موٹے یہودی کی ملازمت کریں گے، جب شام ہو جائے گی تو وہیں کسی دیوار کے سہارے بیٹھ جائیں گے کہ اپنی چھت تو چھن چکی ہوگی' اس کے لہجے میں شکست خوردگی تھی، غضب کی کاٹ تھی یا مجھے اسی کی امید تھی۔

'خدا کے لئے، یہ وقت ان جلی کٹی باتوں کا نہیں، اب کیا کریں؟' میں چاہ رہا تھا کہ وہ خود ایک بار پھر وہی رستہ دکھائے جس پر چلنے سے میں ابھی تک انکاری تھا، وہ زور دے اور میں ہار جاؤں۔ میری انا میری شکست ماننے میں آڑے تھی۔ اس نے مجھے مایوس نہیں کیا:

'کیا کہوں، کیا حل بتاؤں۔ ہم ہزار مرتبہ یہ بات کر چکے ہیں۔ اب بھی وقت ہے، میرے ماموں نے کتنی بار کہا ہے چوبیس گھنٹے میں سرٹیفکیٹ آپ کے ہاتھ میں ہوگا۔ آپ کو جانے کی بھی ضرورت نہیں ہے۔ یہاں تو ڈاکٹروں کی اتنی کمی ہے، ایک دفعہ آپ قانونی ضروریات پوری کر لیں پھر اس قسم کے خطوط آنا بند ہو جائیں گے'۔ خلافِ امید مجھے خاموش دیکھ کر اس کا حوصلہ بڑھا۔

'آپ نے اپنی سی پوری کوشش کر لی۔ آپ کی نیت تو اچھی تھی۔ اور میں نے ہی کیا آپ نے خود مجھ سے زیادہ تکالیف اٹھائی ہیں۔ آپ کو پٹرول پمپ پر سردی کی راتوں میں کام کرتے دیکھ کر میرا دل خون کے آنسو روتا ہے۔ شروع ہی سے یہ کام کر رہے ہوتے تو مجھے کوئی دکھ نہیں ہوتا۔ لیکن معاشی سیڑھی چڑھنا اتنا دشوار نہیں ہوتا جتنا اترنا مشکل ہوتا ہے۔ میں ماموں سے خود بات کر لوں گی، آپ کو بات کرنے کی ضرورت بھی نہیں ہے۔ کسی کو تفصیل بتانے کی ضرورت ہی نہیں۔ کسی کو کیا معلوم کہ آپ اب تک یہاں ڈاکٹری کیوں نہیں کر رہے؟' میرا دفاع کمزور دیکھا تو وہ پے در پے حملے کرنے لگی۔ گرتی ہوئی دیواروں کو ایک دھکہ اور دو۔ اس نے میری جرح کو زباں بند دیکھا تو فون کا چونگا اٹھا کر کان سے لگا لیا۔ 'کر رہی ہوں میں فون' اس کی آنکھوں میں مستقبل کی چمک تھی۔ یہ منظر ہمارے گھر کئی بار دہرایا جا چکا تھا۔ ہر بار میں فون اس کے ہاتھ سے لے کر کریڈل پر پٹخ دیا کرتا تھا 'پاگل ہوئی ہو کیا'۔ مگر اس بار زبان نے دل کا ساتھ چھوڑ دیا 'جو جی میں آئے کرو' مجھے اپنی آواز آئی اور میں کمرے سے نکل گیا۔ نیک بخت نے فوراً وہی کیا جو ایک عرصے سے اس کے جی میں آ رہا تھا۔ باورچی خانے میں اس کی پرجوش گفتگو کی آواز آ رہی تھی۔ میرے کندھے جھک گئے تھے مگر اس کی امیدیں جوان ہو گئی تھیں۔ مجھے کیا حق تھا کہ میں اپنے خود ساختہ فلسفے کے لئے ان سب کی زندگیاں ضیق کروں۔ رات ہونے سے پہلے سرٹیفکیٹ فیکس ہو کر آ چکا تھا۔ اب نیک بخت کا رویہ بالکل بدل چکا تھا۔ اب ہم ایک اکائی ہو کر اس جنگ میں اتر رہے تھے۔ اسی رات اس نے میرے لائسنس کے کاغذات بھر دیئے۔ ایک مہینے میں لائسنس بن کر آ جائے گا، پھر ڈاکٹری شروع ہونے میں چند ماہ۔ اس استفسار میں امید جھانک رہی تھی۔

''ایک دفعہ لائسنس آ بھی جائے تو بھی ڈاکٹری شروع ہونے میں

دو تین ماہ تو لگ ہی جائیں گے''۔

''یہ کوئی ایسی فکر کی بات نہیں۔ایک مرتبہ نوکری کا پرچہ آجائے تو بینک سے مہلت مل جائے گی۔ بینک کو اپنے قرضے کی واپسی سے دلچسپی ہے، خالی مکان قرق کر کے بینک کیا کرے گا، وہ یقیناً مہلت دیں گے۔'اس کے یقین نے میری شام بھی روشن کر دی۔

اس سے میری آخری ملاقات اس کے گھر پر ہوئی۔سر ٹیفیکیٹ ملنے کے کوئی دس دن بعد اس کا فون آیا۔اس نے مجھے گھر پر آنے کی دعوت دی۔ میں خود بھی اس کا گھر دیکھنے کے لئے بے چین تھا، فوراً حامی بھر لی۔نوکری کی امید نے میرے اعتماد میں اضافہ کر دیا تھا۔ میں نے سر ٹیفیکیٹ منگوانے کے مسئلے پر اپنے آپکو قائل کر لیا تھا، یقین دلا لیا تھا کہ میرا فیصلہ صائب ہے۔ بلکہ حیرت تھی کہ اب تک میں ایسا بیوقوف کیوں تھا۔

'آیئے، آیئے جناب' اس نے تپاک سے دروازہ کھلو کر کہا۔

میرے چہرے کا اطمینان اس سے زیادہ دیر چھپا نہیں رہ سکا۔

'خیریت تو ہے، آپ بہت پر سکون اور مطمئن ہیں۔ بہت اچھی بات ہے بھئی، آپ نے ان حالات میں بھی خوش رہنا سیکھ لیا ہے۔'

میری سمجھ میں نہیں آ رہا تھا کہ اسے کیسے بتاؤں۔ اتنے کم عرصے میں اس کے بہت قریب آ گیا تھا۔ جس شخص نے میری اصول پرستی کی اتنی تعریف کی تھی اسے کیسے بتاؤں کہ وہ اصول میں نے توڑ ڈالے ہیں۔

'وہ دراصل' میں ہچکچایا۔ گفتگو میں ایک وقفہ سا آ گیا تھا۔ وہ خود منہ سے کچھ نہ بولا۔ بول دیتا تو اچھا تھا۔

'دراصل نوکری نہ ہونے سے حالات اتنے دگرگوں ہو گئے تھے کہ قرقی کا نوٹس آ گیا تھا' میں نے وجوہات کے پیچھے پناہ ڈھونڈی۔ یقیناً اس اطلاع کے بعد وہ میری مجبوری سمجھ سکے گا۔ وہ پھر بھی کچھ نہ بولا، بس ہمہ تن گوش رہا، یہ سننے والے اتنے ظالم کیوں ہوتے ہیں، خود سے کیوں نہیں سمجھ جاتے۔ اس کے چہرے پر خوف اور کرب کے آثار نمودار ہو رہے تھے، گویا اسے معلوم تھا کہ اگلا جملہ کیا ہے۔

'میری بیوی نے اپنے ماموں کو فون کر کے ان سے سر ٹیفیکیٹ منگوا لیا، میں نے تو بہت منع کیا۔ مگر اب کیا ہو سکتا ہے، دو تین ماہ میں انشاءاللہ ملازمت شروع ہو سکتی ہے۔'

'انشاءاللہ مت کہو' اس کا چہرا سفید پڑ گیا' میں ہار گیا، تم نے مجھے ہرا دیا۔ تم ہار گئے ہو، تم نے مجھے کھو دیا' وہ نفرت سے مجھے گھور رہا تھا۔ پہلی بار مجھے اس سے گھبراہٹ ہونے لگی، پھر میں چڑ گیا۔ دوسروں کے مقبرے میں نیکی کی تلاش کتنا آسان ہے۔ اسے کیا، میرے حالات سے گزرتا تو پتہ چلتا۔

'نکل جاؤ میرے گھر سے،' وہ غضبناک ہو کر کھڑا ہو گیا۔ 'یہاں سے اب تمھارا تعلق ختم ہو گیا، نکل جاؤ اور یہ لفافہ لیتے جاؤ، آئندہ میری شکل بھی دیکھنے کی کوشش نہ کرنا' اس نے ایک لفافہ، میری مٹھی میں ٹھونس کر اس زور سے مٹھی بند کی کہ میرے ہاتھ میں درد ہونے لگا۔ اس نے تقریباً دھکہ دے کر مجھے باہر نکالا اور زور سے میرے پیچھے دروازہ بند کر لیا، دروازہ بند کرنے سے ہوا کا ایسا دباؤ آیا کہ میں اس کے گھر کے باہر لڑکھڑا کے گر پڑا۔ خود کو سنبھال کر میں نے اس کے دیئے ہوئے لفافے کو کھولا تو اندر ایک خط ملا۔ نیویارک کے ایک ہسپتال نے اس شرط پر مجھے نوکری دی تھی کہ میں پہلے تین ماہ ان کے پاس انٹرنشپ کر لوں۔ اس طرح پاکستان میں ٹریننگ کی کمی یہاں پوری ہو جائے گی۔ ہسپتال کے چیف میڈیکل آفیسر کی طرف سے نوکری کا پروانہ تھا، اس پر ایک چٹ بھی لگی تھی۔ عموماً ہم ایسا نہیں کرتے، لیکن ان صاحب کی سفارش بھی نہیں ٹال سکتے۔ ہسپتال کے فنڈ میں خطیر رقمیں جمع کرانے کے باوجود انہوں نے ہم سے کبھی کچھ نہیں مانگا تھا، انہوں نے آپ کی بہت تعریف کی ہے اور ان کی سفارش ٹالنا ہسپتال کے بس میں نہیں۔

میں نے وہ خط جیب میں رکھا، لگا میری پتلون اچانک لمبی ہو گئی ہے، اور جوتے میرے پیروں میں بڑے ہو گئے ہیں۔ خط جیب میں ڈالے میں تھکے تھکے قدموں سے گھر کی جانب چل پڑا۔ پھر جانے کیا خیال آیا، خط نکال کر پرزے پرزے کر دیا، ہنہ کیسا بھولا آدمی ہے، میں نے پرزے ہوا میں اڑا دیئے اور ہنس پڑا۔

کپوت

آغا گل

لیاقت کو علم ہوتا کہ بی۔اے پاس کرتے ہی طوفان اُمنڈ آئے گا تو چند برس فیل ہی ہوتا رہتا۔اس کے ابا جی کریم الدین کا خیال تھا کہ بی۔اے پاس کرتے ہی نوکریاں لیاقت کے قدموں میں آ گریں گی۔آ جر اسے تلاش کرتے پھریں گے۔فجر کی اذان پہ تو آنکھ نہ کھلی مگر ابا جی کے غل غپاڑے سے ہڑ بڑا کر لیاقت جاگ اٹھا۔ابا جی پابندی سے نماز پڑھا کرتا تھا مگر حالات بگڑے تو مسجد کی بجائے گھر میں نماز پڑھنے لگا۔یوں اسے تاسف تو ہوتا کہ باجماعت نماز کے ثواب سے محروم ہو جاتا ہے مگر مسجد جاتے خوف آتا۔کتنے ہی نمازی راہ میں لٹ گئے، مارے گئے اور کتنے ہی خودکش دھماکوں کی نظر ہو گئے۔مسجد کی دیواروں پہ ان کے چھیتڑے کی دکھائی دیئے۔اب ڈھونڈتے پھرو کہ ابا جی کونسا ہے۔کیا دور تھا جب مساجد سے صرف جوتے ہی چرائے جاتے تھے۔بازاروں میں صدا لگانے والوں جیسی ایک ہی سی صدا ہوا کرتی۔ایک ہی لے اور ایک ہی اٹھان ''اب نالائق۔کام کر منجیاں توڑتا پھرتا ہے''۔لیاقت بیدار ہوتے ہی اٹھ بیٹھا تو اگلی کرواہٹ کانوں میں سرائیت کر جاتی ''تیری فصل پک چکی ہے، کٹ چکی ہے، کام پہ لگ ورنہ باسی ہو جائے گا۔تو باسی گونگلو بن جائے گا''۔لیاقت چار بہنوں کا اکلوتا بھائی تھا۔اس کی پیدائش پہ خوشیاں منائی گئیں۔ابا جی نے پیر بخاری، پہلوان بابا اور بی بی نانی کے مزار پر چادریں چڑھائیں۔گود میں لیاقت کو اٹھائے ولی بابا کے مزار پر کلی کرانی میں حاضری دی۔لیاقت گول مٹول سا تھا اسے پیار سے گونگلو کہا جاتا تھا۔اور اب اسی گونگلوں کا بھاؤ تاؤ ہو رہا تھا۔ابا جی نے تو تیور ہی بدل لیے تھے۔لیاقت کو باپ سے ایسی بیون فنی کی امید نہ تھی۔اس کا دل ٹوٹ سا جاتا۔گویا اسے کسی گھوڑے یا لیاری کے گدھے کی مانند پالا جاتا رہا کہ جوان ہو کر گدھا گاڑی کھینچے۔ابا جی تو اس سے برملا کہا کرتا کہ بہنوں کی شادی کے لیے مالی مدد کا اہتمام کرے۔دن بھر وہ اپنی موٹر سائیکل پر نوکری کی تلاش میں مارا مارا پھرتا۔شہر کی گلیوں کی دھول خاک چاٹتا شام میں بے نیل و مدام لوٹ آتا۔کھانا کھاتے ہی کمپیوٹر پہ آن بیٹھا اور تندہی سے نوکری تلاش کرتا۔اپنے کوائف دنیا جہاں کو بھجواتا رہتا۔اسی تگ ودو کے باعث آنکھ نہ کھلتی تو ابا جی جھکنے لگتا۔یہ بھی غنیمت ہے کہ بڑی بہن نے خود ہی شادی کر لی۔دس روز بعد دونوں میاں بیوی معافی مانگنے چلے آئے۔داماد نے کریم کے پاؤں پکڑ لیے تو کریم کو معاف کرتے ہی بن پڑی۔ذرا دل جوئی بھی ہوئی کہ ایک بوجھ تو ٹلا۔تینوں بہنوں کو بھی تسلی ہوئی کہ اگر وہ بھی از خود شادی کر لیں تو عام معافی کا اعلان ہو سکتا ہے۔لیاقت کچھ دن تو نیفے میں چاقو اڑسے پھرتا رہا تھا۔مگر اپنے بہنوئی پر حملے کی اس میں طاقت نہ تھی وہ تو عید پہ قربانی کے وقت کھسک جاتا کیوں کہ بکرے کا تڑپنا اس سے دیکھا نہ جاتا۔ذرا رد و کد کے بعد وہ بھی بہنوئی کے گلے لگ ہی گیا۔

کریم کا صرافہ بازار میں ڈھابہ تھا جو کبھی اس کے دادا نے کھولا تھا۔اس دور میں صرافہ بازار ہی کوئٹہ کا دل ہوا کرتا تھا کچے دھاگے سے بندھے لوگ بازار حسن میں کھچے چلے آتے۔وہاں ایسا کاروبار تھا۔ایسی فراوانی ایسا رزق تھا کہ قلاتی ہندو اور قندھاری سنار بھی دوڑے چلے آتے۔بازار حسن میں بھی سونا تھا، حسن تھا، کندن تھا۔سونا ہاتھوں میں ڈھلتا، کھٹالی میں پگھلتا، زد پہ آتا، چوٹیں سہتا جس کے باعث صرافہ بازار کے نام سے مشہور رہا۔رات میں تو بازار جاگ ہی اٹھتا۔مگر دن میں بھی بڑی چہل پہل رہا کرتی۔بزاز، درزی، ڈاکٹر، حکیم، مردانگی والی دوائیاں بیچنے والے، سنگدل محبوب کو قدموں میں لانے والے عامل، قسمت کا حال بتانے والے نجومی، رمال، فال نکالنے والے طوطے اپنا اپنا رنگ جماتے۔صرافہ بازار کے اندر بھی درجنوں بازار تھے مگر اسی برس بعد سرکار نے یہ بازار بند کروا دیا اور کسبیاں، کنچنیاں، ناگرنیاں، ٹکائیاں، ڈیرہ دارنیاں، پشتنی رنڈیاں جو پہلے ایک ہی بازار میں محبوس تھیں گلی گلی کوچہ کوچہ پھیل گئیں۔ہر محلہ صرافہ بازار کے رنگ میں ڈھلتا چلا گیا۔طوائفیں کبھی بھی اپنے کوچنگ سینٹر پہ فیس نہیں لیا کرتی۔ایسے ہی نامساعد حالات میں کریم کو اپنا ڈھابہ ''طوفان میل ہوٹل'' سنبھالنا پڑا۔وہ جی ہی جی میں کڑھتا کہ پرکھوں نے دولت کمائی اس کا دور آیا تو بازار حسن ہی بند ہو گیا۔صراف بھی اپنا کاروبار بڑھا گئے۔چکلہ بند ہونے پر وہ قدرت کی ستم ظریفی کا شاکی رہتا۔مگر امید کا دامن کبھی نہ چھوڑتا کہ سن رکھا تھا بلس سے ہی ابلیس کا لفظ بنا ہے۔نہایت ہی خشوع و خضوع سے چکلہ دوبارہ کھلنے کی دعائیں مانگا کرتا۔اگر فارغ البالی ہوتی تو وہ کبھی بھی گونگلو کو نوکری کے لیے مجبور نہ کرتا۔کریم کے اپنے والد شیر دل نے بازار بند ہوتے دیکھا تو مارے غم کے بستر سے جا لگا اور جان دے دی۔اس کے باپ یعنی کریم کے دادا کے دور میں ایک کھڑکی توڑ فلم دھڑلے سے چلی تھی جس کا گانا ''یہ دنیا ہے طوفان میل'' اسی قدر مقبول ہوا کہ بائیسکوپ کے تحت ڈھابے کا نام ہی بدل کر طوفان میل ہوٹل رکھ دیا گیا تھا۔لیکن طوفان گذر چکا تھا اور میل بھی بیل گاڑی میں تبدیل ہوتی چلی گئی۔کریم جب شام میں گھر لوٹتا تو گھریلو ضروریات کی ایک نئی فہرست استقبال کرتی۔وہ بھنّا جاتا ''اوے! میں کوئی کانی گدھی ہوں کہ پٹر پٹر روپے پھینکتا رہوں'' کھانا زہر مار کر کے وہ پڑوس میں دوستوں سے شرط بد کے لڈو کھیلنے چلا جایا کرتا۔ابا جی کا غصہ اور اشتعال زیادہ دیر پا نہ ہوا کرتا۔تاہم لیاقت رفع شر کے لیے ادھر اُدھر کھسک جایا کرتا۔

لیاقت کا جینا دو بھر تھا مگر کیا کرتا۔ ان ہی تکلیف دہ ایام میں اسے ریحانہ ملی۔ جو اس کی بہن رضیہ کی سہیلی تھی اور لندن انگلش اسکول میں معلمہ تھی۔ لوگوں کو انگریزی ہوگئی تھی۔ انگریزی وبائی شکل اختیار کر چکی تھی۔ حکمران اور بالا طبقوں کی زبان تھی۔ انگریزی اسکول بے حد مہنگے تھے۔ لہٰذا دو نمبر اسکول کھلتے چلے گئے۔ ایسے اسکول سات آٹھ کمروں پر مشتمل کسی گلی کے مکان میں قائم ہوتے۔ والدین خوش ہوتے کہ ان کے بچے انگریز بن کر ہی نکلیں گے۔ وہاں برائے نام تنخواہیں ملا کرتیں۔ ریحانہ بھی امر مجبوری نوکری کر رہی تھی۔ اسے بھی دیگر معلمات کی طرح اپنا جہیز بھی تیار کرنا تھا۔ سبھی استانیوں Pillory میں تھیں۔ جس کے سبب ان میں انسانیت زیادہ تھی۔ غربت انسانوں کو قریب لے آتی ہے۔ ریحانہ پہلے پہل تو کھنکھیوں سے لیاقت کو دیکھا کرتی۔ پھر اسے مسکراہٹ سے نوازنے لگی۔ پھر یہ مسکراہٹ ہونٹوں سے نکل کر آنکھوں میں سما گئی اور موبائل نمبر ملنے سے تعلق استوار ہوگیا۔ لیاقت نے اباجی سے نیا سائیلنسر لگوانے کے لیے رقم مانگی تھی مگر ٹال مٹول کے باعث وہ سائیلنسر نہ بدل سکا۔ جس کے باعث ریحانہ کو کافی پہلے علم ہو جاتا کہ محبوب پھٹ پھٹی پر چلا آرہا ہے۔ وہ بھی کسی بہانے گیٹ پر چلی آتی۔ لیاقت نے چند بار پیشکش بھی کی کہ وہ ہاتھ بٹانے کو ہوٹل پہ چلا آئے گا۔ مگر اباجی کو بے حد بے ناگوار گزرا ''گونگلو! میں نے تجھے اس لیے بی۔اے کرایا تھا کہ تو میرے ساتھ کام کرے۔ بازار کھلا ہوتا تو بات بھی تھی۔ اب وہاں کیا رکھا ہے۔ نوکری کر افسر بن۔ اوئے میرا بھی رعب شوب ہو''۔ ریحانہ کے گھر والے اب انہیں اپنے ہاں بلایا کرتے۔ کریم کو بھی رشتے پر اعتراض نہ تھا۔ تاہم ریحانہ کے گھر والوں نے عندیہ دیا کہ اگر لیاقت برسرِ روزگار ہو جائے تو وہ رشتہ دے دیں گے۔ یہ عندیہ لیاقت کیلئے مہمیز ثابت ہوا۔ لیکن نوکری کے مول زیادہ تھے۔ کلرک کے ڈھائی لاکھ روپیہ، نائب قاصد کی نوکری بھی لاکھ سے کم میں دستیاب نہ تھی۔ بی۔اے کر کے بھلا کوئی نائب قاصد لگتا ہے۔ چیئرمین پبلک سروس کمیشن چالیس لاکھ سے کم پہ تیار نہ ہوتا۔ سیکشن افسر کیلئے بھی بیس لاکھ سے کم میں بات نہ ہوتی۔ ملازمتیں بکاؤ مال تھیں۔ جیسا عہدہ ویسا ہی نرخ۔ وزیر مشیر رقم لیے بغیر منہ ہی نہ لگاتے۔ کریم کفِ افسوس ملتا کاش بازار دوبارہ کھل جائے رونقیں لوٹ آئیں تو پوبارہ۔ کہیں سپرنٹینڈنٹ یا پھر پولیس میں اے ایس آئی کی نوکری تو خرید ہی لے گونگلو کے لیے۔

ایسے میں کریم کا پرانا شناسا مرزا اقبال اسے کسی مارکیٹ میں دکھائی دیا۔ کریم لپکا اور مصافحہ کیا۔ بات چل نکلی تو کریم نے اپنا دکھڑا رو دیا۔ مرزا تو خواجہ خضر ثابت ہوا۔ ''نوکری؟ سرکاری نوکری بھئی اس میں کیا رکھا ہے۔ وہ دن گئے سرکاری ملازمت تو اب ذلت کے سوا کچھ بھی نہیں ہے۔ میرے اخبار میں چلا آئے رپورٹر بنا لوں گا'' فرطِ جذبات سے کریم لپٹ گیا ''مرزا یہ کام کر دو تو میں عمر بھر غلام رہوں گا۔ تنخواہ کتنی ہوگی''

مرزا نے صاف گوئی سے کام لیا ''ابتداء میں تو کم ہوگی۔ بیرون کوئٹہ تو نوجوان ہم سے نمائندہ بننے کی التجائیں کرتے ہیں۔ اکثر تو خود اخباروں کو وہ ماہانہ رقم ادا کرتے ہیں تا کہ وہ بدستور نمائندہ رہیں۔ میڈیا چاہے تو آسمان پر اٹھا لے اگر گرانا چاہے تو عمر بھر کی محنت اور نیک نامی خاک میں ملا دے۔ تم لیاقت کو میرے دفتر بھجوا دو۔ اپنا بچہ ہے کام بھی سیکھ لے گا اور عیش بھی کرے گا'' کریم کی باچھیں کھل گئیں۔ اسی شام وہ نوشیروان اخبار کے دفتر آ پہنچے۔ لیاقت کو مرزا سے متعارف کرایا بلکہ اس کی شاگردی میں ہی دے دیا مرزا نے خاص توجہ دی۔ لیاقت کو رپورٹنگ مدح سرائی اور بلیک میلنگ کے گُر بھی سکھائے۔

''کسی کی دم پر پاؤں رکھو تو تبھی چیختا ہے۔ تم ایک Nuisance پیدا کرو۔ معاشرے کو دو ہی طاقتیں متحرک رکھتی ہیں۔ خوف اور لالچ۔ ہمیں میڈیا کا یہی گر یہی منتر استعمال کرنا ہے'' لیاقت کو اس نے کچھ رقم بھی دلوا دی۔ ''موٹر سائیکل ٹھیک کروالو۔ ٹینک کی آواز نکالتا ہے پہلے تو میں گھبرا ہی گیا تھا کہ نوشیروان کے دفتر پر زمینی حملہ ہو گیا ہے''۔ ایک روز مرزا نے ڈانٹ پلائی ''لڑکیوں سے اتنی باتیں نہ کیا کرو صحافت اور عشق ساتھ نہیں چل پاتے''۔ لیاقت نے سچائی کا اظہار کیا ''لڑکیاں نہیں بس ایک لڑکی ہے۔ میں اس سے شادی کرنا چاہتا ہوں'' مرزا محبت کرنے والوں کو پسند کرتا تھا۔ محبت روزنامہ ہے اور شادی اس کا سنڈے ایڈیشن ''تو کر ڈالو شادی دیر کاہے کی'' یوں ان کی شادی سادگی سے ہوگئی مگر ریحانہ بدستور اسکول کی ملازمت کرتی رہی کیونکہ لیاقت کی پدی مار تنخواہ میں گزر بسر سہل نہ تھی اور لوگوں سے مال اینٹھنے کا فن وہ ابھی سیکھ ہی رہا تھا۔ سیاستدان، وزیر، مشیر خاصے شاطر تھے آسانی سے بھڑے میں نہ آتے۔ لیاقت کے پاس اب صحافی کا شناختی کارڈ تھا اس نے موٹر سائیکل کے آگے اور پیچھے پلیٹیں بھی لگوا لیں۔ جن پہ انتباہ تھا ''پریس'' جیسے مارکر کے بنگلے کے باہر دور ہی سے لکھا دکھائی دیتا ہے ''خبردار۔ کتوں کا خطرہ ہے۔ صحافی والا شناختی کارڈ وہ اہمیت حاصل کرنے کے لیے گلے میں لٹکائے پھرتا جس کے باعث پولیس والے بھی بدک جایا کرتے سرکاری افسروں کے بھی اوسان خطا ہو جاتے۔ سرکاری دفتروں میں داخل ہوتا تو لوگ مودب ہو کر ملتے کہ کوئی خبر ہی نہ جڑ دے۔ کبھی کبھار مرزا اقبال سیاستدانوں کے اڈوں سے پی پلا کر لوٹتا تو اپنا سارا علم وہ لیاقت پہ انڈیلنے لگتا ''پاکستان میں صحافت اور خباثت کا راج ہے صرف گلیمر بکتا ہے اور کچھ بھی نہیں۔ میاں! مجھ سے علم حاصل کرو اس سے پہلے کہ میں نہ رہوں۔ میں ایک عظیم صحافی ہوں افسوس یہ کوٹہ سسٹم کے مارے ہوئے تنگ نظر جو کہتے ہیں میرٹ کی لعنت کو ختم کرو اور ان پڑھ جعلی ڈگریوں والے وزیر میری قدر نہیں جانتے'' مرزا کو انگریزی ادب پہ بھی عبور حاصل تھا مگر صحافت وہ اردو میں ہی کرتا کہ اکثریت کی زبان ہے۔ لیاقت اور ریحانہ کی زندگی ایک ڈگر پہ چل نکلی تھی۔ لیاقت کو صحافت اچھی لگی بازارِ حسن کی مانند بازارِ صحافت پہ پابندی لگنے کا امکان نہ تھا لیکن بازارِ صحافت بھی چکلوں کی ماں ہیرہ منڈی کی طرح نماز مغرب کے بعد کھلا کرتے۔ لیاقت گھر لوٹتا تو ریحانہ گہری نیند سو رہی ہوتی اور

جب شام کے لمحات میں رخسانہ کو فرصت مل پاتی تو لیاقت اخبار کے دفتر میں ہوا کرتا۔ دن میں وہ قریب نہ آ پاتے کہ چھوٹے سے گھر میں ہنگامہ سا مچا رہتا۔ لیاقت کو جلد ہی اندازہ ہو گیا کہ مرزا کی محبت میں غرض بھی شامل ہے کیونکہ صحافت کا میدان خالی ہوا جاتا ہے سب سے بڑے اخبار جنگ کے ایڈیٹر مجید اصغر پر فائرنگ ہوئی نصیب اچھے تھے مگر ڈرائیور مارا گیا۔ ڈیرہ بگٹی، کوہلو، نصیر آباد، جعفر آباد، جھل مگسی صحافیوں کے لیے نوگوائیریا بن چکے تھے۔ یوں بھی صحافیوں کی تادیب و تعزیب عام تھی۔ جاگیرانہ اور سرداری نظام کے سبب صوبہ بھر میں زبان بندی کا ہی حکم تھا۔ صحافیوں کو آبرو اور جان بچانے کے لیے اگر رپورٹنگ کرنا بھی پڑتی تو درباری شاعروں کا سا انداز اختیار کرنے پر مجبور ہو جاتے۔ گوادر، پنجگور، تربت، آوارانی اور خضدار میں کچھ رقم کرنے کے لیے پہلے صحافی پل صراط پر چلتا۔ صحافت کی دنیا میں آج اور ابھی ہوا کرتا ہے۔ اتنی فرصت نہیں ملتی کہ صحافی کسی شاعر کی طرح اپنے ہی کلام کی اصلاح کرنے لگیں۔ چشتی مجاہد کو گولیوں کو نشانہ بنایا گیا۔ جنگ کا صحافی اختر مرزا مارا گیا۔ چونکہ لیاقت کو صحافت سے کبھی بھی دلچسپی نہیں رہی تھی نہ ہی وہ کبھی اخبار پڑھتا۔ اس کی زندگی تو میوزک، انٹرنیٹ اور ریحانہ کی محبت میں گزر رہی تھی وہ صحافت کے مذبح خانے میں پریشاں ہو کے رہ گیا۔ محمد رفیق اچکزئی، ولی خان بابر، واشک کے رحمت اللہ عابد، گوادر کے دلشاد ہانی، لپنی کے صدیق عیدو کے قتل کی خبریں سن کر وہ کانپ کانپ اٹھتا۔ اس نے تو صحافت ریحانہ کے لیے اختیار کی تھی کیونکہ ملازمت ایک لازمی شرط تھی۔ جو محبت کی خاطر اسے پوری ہی کرنی پڑی۔ صحافت کی آزادی بری طرح مجروح ہو رہی تھی۔ مگر ایسے لمحات میں جب وہ پسپا ہونے لگتا تو مرزا حوصلہ دلاتا ''اور کیا آزادی ہے؟ فون تک ٹیپ ہو رہے ہیں۔ خفیہ کیمرے شہریوں پر نظر رکھتے ہیں۔ صحافت اس خارزار سے گزر ہی جائے گی۔ ہمت نہ ہارو''۔

لیاقت نے چند اخباروں میں ریحانہ کے اسکول کی تعریف لگوا دی۔ چند انٹرویو کرا دیئے تو لندن انگلش اسکول نے ریحانہ کا مشاہیرہ بڑھا کر اسے وائس پرنسپل لگا دیا۔ گویا لیاقت کی صحافیانہ خدمات سے خوش ہو کر ریحانہ کو پرنسپل بھی لگایا جا سکتا تھا۔ دو ہی برس میں اسکول کی تعریف کے اخباروں میں ایسے ڈونگرے برسے کے ریحانہ کو ہی اسکول کی پرنسپل بنا دیا گیا۔ لیاقت دفتر میں مٹھائی لے آیا۔ مرزا کہاں چوکنے والا تھا آڑے ہاتھوں لیا۔ ''تم تو نکل بھاگنے کے چکر میں تھے دیکھا صحافت کا نشہ۔ میاں یہ جادوئی چراغ ہے'' لیکن یوں لگتا تھا کہ الہ دین کا جادوئی چراغ زیادہ تر سامری جادوگر استعمال کرنے لگا ہے۔ صحافت کے باہر کی وسیع دنیا پہ ان کا اختیار نہ تھا جو کچھ ہو رہا تھا اس کی صحافی صرف رپورٹنگ ہی کر سکتے تھے وہ بھی سخت ڈپلومیٹک انداز میں کہ کوئی ناراض نہ ہو۔

شومیٔ تقدیر کہ ۲۶ر اگست ۲۰۰۶ء کے خون چکاں واقعات نے بلوچستان میں آگ لگا دی۔ ایک غیر اعلانیہ سول وار شروع ہو گئی۔ جو دیکھتے ہی دیکھتے پھیلتی چلی گئی۔ اس جنگ و جدل میں صحافت کا میدان بھی کوروکیشتر بن گیا۔ سرمچاروں کی جانب سے صحافیوں پر دباؤ بڑھنے لگا کہ ان کی خبریں من و عن شائع کی جائیں۔ چاہے زبان و بیان کی غلطیاں ہوں زبان غیر صحافیانہ ہو۔ دوسری جانب سرکاری اہلِ کاروں کا قانونی لٹھ تھا کہ ایسی خبریں ہرگز نہ لگنے پائیں۔ سب سے پہلے ڈائریکٹر پریس انفارمیشن نے صوبائی سربراہ کا عہدہ چھوڑا اور اسلام آباد میں ڈیسک جاب قبول کر لی۔ اس کے اعصاب جواب دیئے جا رہے تھے۔ قتل، قید یا پھر ٹینشن کے باعث ہارٹ فیل سے بچنے کے لیے اس نے خود ساختہ جلاوطنی کو ترجیح دی۔ لیاقت کی آنکھوں کے سامنے اس کے سینئر ساتھی مارے جانے لگے۔ خلیل اللہ سالانی کو مچ میں گولیوں کا نشانہ بنایا گیا۔ خادم حسین شیخ نے حب میں موت کا استقبال کیا۔ فیض ساسولی نے خضدار میں جان دی۔ ایک رات کچھ جذباتی نوجوانوں نوشیروان کے دفتر میں دندناتے ہوئے داخل ہوئے اور مرزا اقبال کے سر ہو گئے۔ ایک بیان میز پر دے مارا ''مرزا صاحب آپ ہمارے بیانات کیوں شائع نہیں کرتے''۔ مرزا کے ہاتھوں کے طوطے اڑ گئے حواس باختہ ہوا روح فنا ہو گئی، گھگھی بندھ گئی۔ لرز کر بولا ''آپ صاحبان چائے پیجیے۔ خبریں تو میں لگاتا ہی ہوں جہاں تک طاقت ہو وہیں تک انسان چلتا ہے''

نوجوان بے حد غصیلے تھے ''مرزا صاحب کوئی انسان چل کر قبرستان نہیں جاتا کندھوں پر جاتا ہے۔ آپ سینئر صحافی ہیں آپ کے احترام میں ہمارے کندھے حاضر ہیں۔ چوتھا کندھا لیاقت کا ہوگا'' لیاقت کی یہ حالت کہ کاٹو تو بدن میں لہو نہیں۔ ہمت کر کے پوچھا ''کیا آپ صاحبان مجھے جانتے ہیں''۔

اُن کے جواب سے لیاقت کا دل ڈوبنے لگا کانپ ہی اٹھا ''ہاں تمہارے بچوں کے نام بھی جانتے ہیں، موبائل نمبر بھی اور یہ کہ تم آدھے نمبر کی عینک بھی لگانے لگے ہو'' انہوں نے مرزا کا دل نہ توڑا سکون سے چائے بھی قبول کر لی ''مرزا صاحب! یہ بیان لگنا چاہیے۔ اگر Hostile ہوئے تو آپ کا ٹھکانہ کاسی قبرستان ہی ہوگا۔ فیصلہ ہمیں نہیں بلکہ آپ کو کرنا ہے'' بیان پڑھ کر مرزا کی سٹی گم گئی ''لیاقت ! یہ تو میری موت کا پروانہ ہے۔ میرا بلیک وارنٹ ہے'' لیاقت سٹک جانا چاہتا تھا ''آپ سینئر صحافی ہیں میرے استاد ہیں میں کیا مشورہ دوں۔ میں تو آپ کے مشوروں پر چلتا ہوں'' مرزا موت اور زندگی کے دوراہے پر کھڑا رہا۔ پھر اس نے کتر بیونت کر کے Euphoric انداز میں بیان دوبارہ لکھا اور چھاپتے ہی بن پڑی۔ اس خبر کے چھپتے ہی سرکاری تیور بدل گئے۔ سرکاری اہل کار آئے اور مرزا کو حبیب نالے کے پار لے گئے۔ جہاں پرندوں کے بھی پر جلتے ہیں بہت ڈھونڈیا پڑی مگر مرزا واپس نہ لوٹا۔ جانے کہاں کھیت رہا۔ صحافیوں نے پریس کلب کے باہر دھرنا دیا، احتجاج کیا مگر بے سود۔ دو روز بعد مرزا خود ہی کہیں سے لٹا پٹا چلا آیا۔ دو ہی روز میں وہ کمزور اور بے حد بوڑھا ہو

چکا تھا۔گم سم سا وہ اپنے دفتر میں آ کر بے جان سا بیٹھ گیا۔

''خبر نہ چھاپوں تو وہ مارتے ہیں۔خبر لگاؤں تو یہ مارتے ہیں۔یا خدا اس سول وار میں کہاں جاؤں میں'' مرزا کی آمد کی خبر سے صحافی برادری میں خوشی کی ایک لہر دوڑ گئی۔سبھی دوڑے چلے آئے۔مبارکبادوں کا سلسلہ دیر تک جاری رہا۔اگرچہ رفقاءکار تسلیاں دیتے رہے مگر مرزا حوصلہ ہار چکا تھا۔

اخباروں کے دفاتر میں جنگ کا سا سماں تھا۔اُدھر خبر لگانے کا اصرار اور ادھر خبر Kill کرنے کا دباؤ۔ایڈیٹر اور صحافی عدم تحفظ سے باؤلے ہوئے جاتے تھے۔لیاقت ایک عملی انسان تھا۔اس نے صحافت کو خیر آباد کہنے کا فیصلہ کر لیا۔جان ہے تو جہان ہے۔طوفان میل ہوٹل بھی تو چلایا جا سکتا تھا۔اس تجویز سے اباجی بہت ناخوش ہوئے۔''تیری وجہ سے عزت مل رہی ہے۔بازار حسن بند ہونے سے ہمارا رزق گیا۔اب تو صحافت چھوڑے گا تو عزت بھی جائے گی۔تھانیدار تک علیک سلیک کرنے لگے ہیں۔وزیر وزراء میرے سلام کا جواب دینے لگے ہیں۔تو باپ کی عزت بھی اتار لینا چاہتا ہے کیا۔کپوت کہیں کا'' لیاقت روہانسا ہو گیا''خبر لگاؤ تو ٹریاں لگاتے ہیں، مگر تحفظ نہیں دیتے، خبر نہ لگاؤ تو سوچا جان سے مار ڈالتے ہیں، کوئی گھونسا جڑ دیتے، طمانچہ مارتے تو بات بھی تھی۔یہ تو جان ہی نکال دیتے ہیں۔صحافت موت کا کھیل ہے، جس کے دو مداری ہیں کسی کی ڈگڈگی پر ناچوں، کسی کی تال پر دھمال کروں''

اباجی ٹس سے مس نہ ہوا۔اس نے اپنے لڈو والے ساتھیوں کو بلوا بھیجا۔ان کا بھی وہی اصرار تھا''دیکھو لیاقت۔باپ دادا کے نام کو روشن کرنے والے کو سپوت کہتے ہیں۔جو کچھ بھی نہ کر سکے۔مگر نام اور عزت قائم رکھے اسے پوت کہتے ہیں۔جوان کا نام ہی ڈبو ڈالے وہ کپوت کہلاتا ہے۔تم سپوت نہیں بن سکتے تو پھر کپوت بھی نہ بنو''۔سب سے زیادہ مخالفت ریحانہ نے کی۔وہ پرنسپل کا عہدہ پا کر خود پسند ہو چکی تھی عزت و توقیر ملی تھی۔لیاقت نے مجبوراً موٹر سائیکل اسٹارٹ کی اور نوشیروان کے دفتر جا کر کام سنبھالا۔صرف اغوا، قتل، ڈاکہ، بم دھماکہ اور خودکش حملوں کی خبریں آ رہی تھیں۔اخبار پڑھنے والوں کا ذوق ہی بدل چکا تھا۔وہ اتنے برسوں میں دہشت ناک خبروں کے Addict ہو چکے تھے۔ایسی خبریں نہ ہوتیں تو اخبار پٹخ دیتے''کیا پھیکا اخبار ہے، بس اشتہاروں سے ہی بھرا ہوا ہے، خبر تو کوئی ہے ہی نہیں'' بارہا صحافیوں نے سرکار کا در کھٹکھٹایا۔وہاں سے سرکاری بیانات ہی ملا کرتے''پاکستان میں دو دہائیوں میں صرف ٦٦ صحافی ہلاک ہوئے ہیں۔یعنی چار ماہ میں ایک قتل۔اس سے کہیں زیادہ صحافی تو ہارٹ اٹیک اور ایکسیڈنٹ میں مر جاتے ہیں۔سب سے زیادہ صحافی صومالیہ میں ہلاک ہوئے ہیں اس کے بعد شام میں۔عراق بھی لاتعداد صحافی مارے گئے۔بھئی پاکستان تو کہیں پیچھے ہے۔آپ اللہ توکل کام کریں اور ہرگز ہرگز ان کی کوئی بھی خبر نہ لگائیں۔یہی تو حب الوطنی ہے''

اب سویرے سویرے اباجی تواضع کے لیے نت نئے حربے استعمال کیا کرتا''گونگلو کی ماں اس بزدل کی بجائے ایک بیٹی اور پیدا کر دیتی تو بہتر ہوتا۔صحافت چھوڑ کر بھاگ رہا ہے۔نالائق۔کم ہمت کہیں کا'' ریحانہ کو عہدہ صحافت کے ناطے ملا تھا وہ کیسے تنزلی قبول کرتی۔ریحانہ چونکہ پرنسپل تھی وہ اپنی تقریر میں اقبال کے شعر بھی جڑ دیا کرتی اقبال کے ابا نور محمد چونکہ ٹوپیاں سیتے تھے۔اقبال بھی ہر ایک کے سر پر ٹوپی جما دیا کرتا، اجرک اور وزارت کی طرح اقبال کی شاعری ہر ایک پر فٹ آ جاتی۔بچے کے ختنہ سے سولینی اور نطشے تک اس شعری ٹوپی میں سمٹ آتے۔ریحانہ کے رجز اور اباجی کی جھاڑ دھتکار اور دھاڑ سے لیاقت بہادر بن گیا۔اس نے اقبال کا مردِ شاہین بننے کا فیصلہ کر لیا جو تند ہی باد مخالف کی قطعاً پرواہ نہیں کرتا لہٰذا بدستور وہ نوشیروان میں کام کرے گا۔مضبوط ادارہ تو تھا مگر اگلے ہی دن روزنامہ زمانہ کے صحافی محمد خان ساسولی پر گولیوں کی بارش ہو گئی۔خضدار میں منیر شاکر گولیوں کا نشانہ بنا۔گوادر میں توار کا نمائندہ لالہ حمید خبریں چھاپنے پر پکڑا گیا۔پھر اس کا بے جان جسم ہی ملا۔گولیوں کے باعث زخموں سے نکلنے والا خون کوئی تحریر تو رقم نہ کر پایا مگر اس کا خون چکاں جسم بجائے خود صورتحال کا ایک پریس ریلیز تھا۔سماء کا کیمرہ مین عارف ملک ایک خودکش حملہ آور کا نشانہ بنا۔دفتر میں بھی ماحول دہشت ناک رہتا۔ایڈیٹر تو کیا نمائندوں سے لے کر چوکیدار تک انجانے خوف سے ہراساں، لرزاں اور ترساں رہتے۔لیاقت کی اپنی ایک دھاک تھی محلے میں، اباجی اب سینہ تان کر چلتا۔اس کا بیٹا صحافی تھا۔مرزا اقبال کی وفات یا قتل کے بعد وہی نوشیروان کا ایڈیٹر بنتا۔کریم کو غم تھا کہ دو نسلوں کے بعد بھی اس کا رزق سابقہ بازار حسن میں پھڑ پھڑاتا پھرتا ہے۔رات گئے تک وہ اپنے دوستوں سے بازی بد کر لڈو کھیلتا۔کبھی بجلی چلی جاتی تو جلدی لوٹ آتا۔اخباروں کے دفاتر پر عاشورہ آیا تھا۔نہ ہنسی نہ مذاق نہ قہقہے نہ غل غپاڑہ۔اخبار کی تیاری کسی ارتھی کی طرح ہوتی۔بوجھل قدموں اور تھکے ہارے جسموں سے کام لیتے ہوئے کسی گورکن کی مانند اخبار کا تابوت تیار کرتے۔اخبار کے تابوت کے پہلو بہ پہلو ان کا اپنا تابوت بھی اٹھ سکتا تھا۔سرکار نے چالیس کالعدم تنظیموں کو دہشت گرد قرار دے کر ان کے بیانات پر پابندی عائد کر دی۔چالیس کا عدد صحافی برادری میں دھماکہ خیز ثابت ہوا۔مرزا اب اپنے دفتر میں چغل چک کی مانند بے بسی سے سر ہلائے جاتا۔کف افسوس ملے جاتا۔اسے خود بھی علم نہ تھا کہ سچ اور جھوٹ کے دوراہے پہ وہ کہاں کھڑا ہے۔اس کے اپنے قدم کہاں پڑ رہے ہیں۔وہ سیدھا کھڑا ہے یا کہ چغل چک کی طرح الٹا لٹک رہا ہے۔جس کے باعث الٹی دنیا اسے سیدھی دکھائی دے رہی ہے۔ایک روز وہ دفتر سے گھر کیلئے نکلا تو پھر نہ ملا۔پریس کے باہر دھرنے بے سود ہو چکے تھے۔شہری ان دھرنوں کے اتنے برسوں میں عادی ہو چکے سر جھکائے پاس سے گزر جاتے۔جیسے گروہ در گروہ پلیٹ فارم پر بیٹھے قلیوں کو کوئی نگاہ اٹھا کر بھی نہیں دیکھتا۔یہ احتجاج جاری تھا کہ رزاق گل تربت سے پوچھ گچھ کے نام پر اٹھایا گیا۔پھر اس کا جسم گولیوں سے چھید کر پرانے اخبار کی طرح پھینک دیا گیا۔بے روح کے جسم

اور پرانے اخبار میں بھلا فرق ہی کتنا ہے۔ لیاقت خوف زدہ رہتا کیا صحافیوں سے معلومات حاصل کرنے کے لیے ان کے جسم میں گولیاں اتارنا ضروری ہے، کیا علم بندوق کی گولیوں ہی کے ذریعے باہر آتا ہے۔ یہ زخم تازہ ہی تھا کہ صحافی عبدالحق کو خضدار سے اٹھالیا گیا۔ اس کا انجام دیگر صحافیوں سے مختلف نہ تھا۔ لیاقت کو پریشان دیکھ کر ریحانہ اس کا حوصلہ بڑھایا کرتی۔ ''جس گولی پہ نام نہ لکھا ہو اس سے کوئی نہیں مرتا۔ میری دعائیں تمہارے ساتھ ہیں''۔ ہائی کورٹ نے پابندی لگادی کہ کوئی اخبار بیان نہیں چھاپے گا۔ لیاقت کڑھتا رہا سارے راستے مسدود ہوئے جاتے تھے۔

''یہ کیسی پابندی ہے، ہمیں بلاتے، سنتے، تحفظ دیتے، یہ یک طرفہ فیصلہ ہے''۔ ایک سینئر رپوٹر نے تبصرہ کیا ''چیف جسٹس کا رپوریٹ لاء کا آدمی ہے۔ ایک روز بھی ہائی کورٹ میں پریکٹس نہیں کی''۔

لیاقت کو تعجب ہوا ''اسے کس قانون کے تحت لگایا؟''

سینئر رپورٹر بڑا ہی بیزار ہوا ''معین قریشی اور شوکت عزیز کو باہر سے کس نے بلوا کر وزیر اعظم لگایا۔ ایوب، یحیٰی، ضیاء الحق اور مشرف کو کس نے صدر بنایا مجھے کیا پتہ۔ میں اپنی جان کی خیر مناؤں یا لانے والوں کو ڈھونڈتا پھروں۔ میں صحافی ہوں یا کھوجی''۔ صحافیوں کا ہنگامی اجلاس ہوا کہ لائحہ عمل طے کیا جائے۔ بیانات کی اشاعت پر تو نہیں عدالت کے جرم میں چھ ماہ قید ہوگی اور نہ چھاپنے پر سزائے موت۔ اکثر صحافیوں کا اجماع تھا کہ چھ ماہ قید کاٹ کر بچوں کے ہمراہ جیتے تو رہیں گے۔

لیاقت نے چپ چپاتے دفتر سے اپنا سامان سمیٹا نوشیروان کو ہمیشہ کے لیے خیر آباد کہہ کر دفتر سے نکل آیا۔ روح بھی تو جسم کو الوداع کہے بنا ہی چلی جاتی ہے۔ جس جسم میں وہ بلا کر ایہ برس ہا برس رہتی ہے۔ لیاقت نے حبیب نالے کے پل موٹر سائیکل روک لی یہیں شہر دولخت ہوتا ہے۔ یہی نالہ دو جڑواں شہروں کا سنگھم ہے۔ اس نے صحافی والی پلیٹیں اتار کر نالے میں پھینک دیں۔ صحافی والا طوق گلے سے اتار کر نالے میں اچھال پھینکا۔ قریبی دکان سے نئی سم موبائل میں ڈلوا کر اس نے گھر کی راہ لی۔ ایک عرصہ بعد وہ پاؤں پھیلا کر سویا۔ اگلی صبح لیاقت بمعہ موٹر سائیکل کے غائب تھا۔ جس پر سبھی کو حیرت ہوئی۔ ابا جی جب طوفان میل ہوٹل پہنچا تو ٹھٹھک کے رہ گیا۔ لیاقت ڈھابے کے ڈغل پر بیٹھا ہوٹل چلا رہا تھا۔

☆

۱۔ پیون فنی: سفید آنکھیں یعنی بے مروت   ۲۔ چنغل چک: چمگادڑ   ۳۔ ڈغل: کاؤنٹر

NAME PLATE

فرخندہ شمیم

وہ تین دنیاؤں میں سے تیسری دنیا کا کوئی ملک تھا جہاں ادیبوں کی قومی کانفرنس ہو رہی تھی۔ سرکاری ادارہ زور وشور سے تیاریوں میں مصروف تھا۔ کانفرنس میں تین مرکزی SESSIONS کا ایجنڈا تھا جس میں پہلا قومی ادب، دوسرا علاقائی اور تیسرا عالمی ادب کے ان قلمکاروں کی خدمات سے تھا جو بیرونِ ملک رہ کر قومی ادب کی خدمت کرتے تھے۔ قومی زبان کے شہکار ادب پاروں کو غیر ملکی زبانوں میں ترجمہ کرنے والے ادیب کانفرنس کی خصوصی ترجیح تھے۔

سب سے زیادہ وقت قومی اور علاقائی شہرت رکھنے والے ادیبوں کو بحیثیت مندوب دعوت دینے کے سلسلے میں ہو رہی تھی۔ بیرونِ ملک تو گنے چنے ہی مترجم اور مدیران تھے جن کے نام سرکاری ادارے کے سرپرستوں کو زبانی یاد تھے۔ مسئلہ قومی اور علاقائی سیشنز میں بلائے جانے والے ادیبوں کے انتخاب کا تھا اتنی بڑی سر دردی تھی کہ چیئرمین سے لے کر ڈپٹی ڈائریکٹرز تک ہونقوں کی طرح منہ کھولے بیٹھے تھے اور ادب کی کوئی مکھی تک ان کے منہ میں جانے پر تیار نہیں تھی۔ آخر کس کو لیں اور کس کو چھوڑیں۔۔۔فہرست ایک بار بنی، پھر مٹی، پھر لکھی، پھر پھاڑی۔۔۔اتنا بڑا دباؤ تھا انتظامیہ پر۔

حکومتی ایوانوں میں گھومنے والے ادیب نظر انداز نہیں کیے جاسکتے تھے۔

سول ایوارڈ یافتہ مصنفین کو بائی پاس کرنا ممکن نہیں تھا۔

اعلیٰ عہدوں پر کام کرنے والے بیوروکریٹ ادیب، خصوصاً جنہیں بار بار توسیع ملازمت مل جاتی ہو، کسی طور فہرست سے خارج نہیں کیے جا سکتے تھے۔

ہر دلعزیز شاعر جن کی غزلیں میڈیا ہر وقت سناتا رہتا ہو اور وہ پارلیمان کی فضاؤں میں پہچانے جاتے ہوں۔

خوش شکل بیبیاں جن کی تخلیقات کم اور ادائیں زیادہ ہوں، انہیں کانفرنس میں بلائے بغیر چارہ نہیں تھا۔

ثقافت اور ادب کی پروردہ ذیلی تنظیموں نے الگ قیامت ڈھا رکھی تھی۔ اپنی اپنی نمائندگی کے لیے۔۔۔

بڑی مشکل سے فہرستیں فائنل کی گئیں۔ بار بار جائزہ لیا گیا۔ تسلی ہوئی کہ جینوئن ادیبوں کی بڑی تعداد بھی مندوبین میں شامل ہے جنہوں نے خونِ جگر سے لفظ اور جملے تراشے ہیں اور زندگی نظریے پروار دی ہے۔ لیکن جس طرح سینما ہال کی فرسٹ کلاس میں شائقین کم ہوتے ہیں اور زیادہ تماش بین تھرڈ کلاس میں بیٹھتے ہیں اسی طرح سیاست اور ادب کے سینما ہال میں بھی LCD پر VIDEO دیکھنے والوں کی تعداد کم ہوتی ہے زیادہ تر بوسیدہ پردے پر ہی فلم دیکھنا Afford کرتے ہیں۔ شب زاد کے لیے قومی ادبی کانفرنس میں مہمان کی سیٹ تک بھی ملنا ناممکن تھا۔ مندوب کی نشست دینا تو ایک بے حجاب سچ ہے جسے تسلیم کرنا آسان نہیں۔

وہ گمنام نہیں تھا مگر گم شدہ ضرور تھا۔ اہلِ قلم اس کے گہرے سخن سے واقف تھے۔ وہ علاقائی زبان میں دلکش شعر کہتا تھا۔ اہلِ قلم اس کی مالی تنگی سے واقف تھے لیکن اُسے کوئی بھی فائدہ نہیں پہنچاتے تھے۔ حکومتی پالیسیوں میں جب بھی نادار ادیبوں کی بہبود کا ایجنڈا ابھرتا، ایوانوں میں گھسے ہوئے بااثر ادیب اس کا پتہ صاف کر دیتے چنانچہ شب زاد کو کوئی سرکاری زمین، انشورنس یا وظیفہ کچھ بھی نہیں ملا تھا نہ اس کی کوئی مستقل ملازمت تھی۔ اس کا کوئی گھر نہیں تھا اس لیے اس نے گھر نہیں بسایا تھا۔ وہ دنیا میں اکیلا تھا۔۔۔ لیکن اس نے کسی سے ہم نشینی کی درخواست بھی نہیں کی تھی۔ اس کی شاعری ادبی محفلوں میں زیرِ بحث آتی تھی۔ اس کے مداح مارکیٹ کے وہ لوگ بھی تھے جہاں ایک دکان پر وہ کاروباری بورڈز لکھا کرتا تھا۔ اس کا اپنا خط سیدھا تھا لیکن حالات کے خطوط ٹیڑھے میڑھے تھے۔ اپنی دلکش خطاطی سے وہ دکانوں کے بورڈز، بینرز اور فلمی پوسٹر لکھا اور سجایا کرتا تھا اسی سے اس کی عام سی گذر بسر ہو رہی تھی۔ لیکن اُسے سب سے زیادہ مزا نیم پلیٹس لکھنے میں آتا تھا۔

کسی کا نام جب گھر کی پیشانی پر جگمگاتا ہے تو آسمان کا چاند خود کو میلا سمجھنے لگتا ہے۔ بہر حال بات کہیں سے کہیں چلی گئی ہے۔ سلیکشن کمیٹی جب اپنا کام کر چکی تو ایک رکن نے دبے لفظوں میں شب زاد کی علاقائی زبان میں موجود کتابوں کا ذکر کر دیا اور کوشش کی کہ اُسے بحیثیت مندوب علاقائی زبان کانفرنس میں بلایا جائے۔ ڈی۔ جی۔ فوراً بولے۔

بھئی اس کی کتابیں ہمارا ادارہ ہی تو چھاپتا رہا ہے۔ اس کے اپنے پاس کہاں وسائل تھے؟

یہ تو ہمارے فیور کی بات ہے سر۔ بحیثیت مندوب وہ ہمارے ادارے کی تعریف ہی تو کرے گا اشاعت کے سلسلے میں۔

یہ ضروری تو نہیں ہے۔ ہو سکتا ہے روسٹرم پر آ کر وہ دل کے جلے پھپھولے پھوڑنے لگے اور اپنی غربت کی وجہ ادبی اداروں کو قرار دے دے۔ اس سے تو خواہ مخواہ ہماری سبکی ہو گی۔

ویسے سر اُسے ایک بار ٹیلی وژن والوں نے اپنے کسی پروگرام میں بلایا تھا تا کہ وہ ادیب کو درپیش مسائل پر روشنی ڈال سکے لیکن وہ پروگرام میں کوئی

حرفِ شکایت زباں پر نہیں لایا۔ ’’ایسے اعتماد سے بیٹھا تھا جیسے ہاری نہ ہو وڈیرا ہو‘‘

’’اچھا پر میٹنگ وائنڈ اپ کرتے ہیں‘‘ ڈی۔جی کرسی سے اٹھ کھڑے ہوئے تو درباری بھی مودبانہ جھک گئے اور شب زاد کا تذکرہ رات کی تاریکی میں کہیں سو گیا۔

ادیبوں کی کانفرنس بڑے طمطراق سے شروع ہوئی اور بڑے بڑے ایوارڈز بھی تقسیم کیے گئے۔ علاقائی شاعری پر بہترین کتاب کا ایوارڈ کسی نتھو خیرے کو مل گیا۔ شب زاد کو خبر ملی اُسے کوئی دُکھ نہیں ہوا۔ دکھ تو امید کی کوکھ سے جنم لیتا ہے اور امید کا رحم سوکھا ہوا تھا اس کے اندر۔۔۔

وہ بورڈ لکھتا تھا۔ ٹریڈرز کے بورڈ، سیاسی نعروں کے بینرز، فلمی پوسٹرز، نیم پلیٹس۔۔۔ اچانک ایک روز اُسے اپنے نام کی پلیٹ لکھنے کی سوجھ گئی۔ بڑا اعزاز ہوتا ہے انسان کے لیے اس کا نام۔۔۔ اس نے جب کسی کا نام لکھا وہ نیم پلیٹ اس کی نظر میں معزز ہو گئی۔۔۔ اس نے اپنا نام ایک ہی بار لکھا ہوا دیکھا تھا، اپنی اکلوتی کتاب کے سرورق پر۔۔۔ جب سرکاری ادارے نے اس سے ہمدردی کرتے ہوئے یہ چھوٹی سی کتاب چھاپ دی تھی لیکن اُسے کچھ نہیں ملا تھا کتاب کے چھپنے کے بعد۔۔۔ اب شب زاد نے سوچا وہ اپنی نیم پلیٹ لکھے گا۔۔۔ اپنا نام خود سجائے گا۔۔۔ لیکن جلد ہی اُسے محسوس ہونے لگا یہ آسان کام نہیں ہے۔ اُسے اپنے نام کی وقعت کے برابر میٹریل نہیں مل رہا تھا۔ پہلے تو کئی برس تک وہ معیاری پلیٹ ہی ڈھونڈتا رہا۔ جب وہ ملی تو اچانک اپنا نام ہی بھول گیا۔ میرا نام کیا ہے؟

بے شمار لوگوں سے پوچھتے پوچھتے جب ہلکان ہو گیا تو ایک لڑکی نے اسے اس کا نام بتا دیا۔ وہ لڑکی کا بے حد شکر گذار ہوا لیکن اس کے پاس ٹھہرنے کا وقت نہیں تھا۔ اُسے اپنی نیم پلیٹ لکھنا تھی۔ وہ جلدی جلدی اپنے ٹھکانے پر آیا اور اپنے نام کی ایک شاہکار نیم پلیٹ تخلیق کی۔ اس کے سارے خواب اس کی نیم پلیٹ پر مہک رہے تھے۔ اس نے اپنی نیم پلیٹ کو دونوں ہاتھوں میں تھام کر دیر تک رقص کیا، ناچتے ناچتے جب وہ گرا تو سوال یوں اس پر کھلا:

’’وہ اپنی نیم پلیٹ لگائے گا کہاں؟‘‘

’’گھسن کا گھونسا‘‘

نجیب عمر

’’مجھ پر پستول تانے کھڑے ہو اور کہتے ہو آپ کی بڑی عزت کرتا ہوں، بھئی واہ‘‘۔

’’آپ میری مجبوری کو سمجھنے کی کوشش کریں۔ میں اس کے علاوہ کر بھی کیا سکتا ہوں‘‘

’’کیوں ہٹے کٹے ہو، حلال کی روکھی سوکھی بھی کھا سکتے ہو‘‘۔

’’جو کچھ میں آپ کو سمجھانا چاہتا ہوں، آپ سمجھنا نہیں چاہتے‘‘

’’میں خوب سمجھتا ہوں، نہ تمہارا کوئی کردار ہے نہ تمہیں نام ونمود کا پاس ہے۔ پیسہ ہی تمہارا خدا ہے‘‘۔

’’پیسہ ہم سب کی ضرورت ہے۔ آپ کو بھی چاہیے اور جو کچھ آپ کے پاس زیادہ ہے میں لینے آیا ہوں۔ آپ مزاحمت کر کے اپنا ہی نقصان کریں گے‘‘

’’ظاہر ہے ہتھیار نے تو تمہیں سکندر بنا دیا ہے۔ لیکن ایک غلطی تم سے ہو چکی ہے کہ تم یہاں سے کچھ حاصل نہیں کر سکتے چونکہ میرے پاس ہے ہی کچھ نہیں‘‘۔

’’رہنے دیں کوئی بھی آسانی سے لٹنے کو تیار نہیں ہوتا۔ ایسے ہی بہانے تراشے جاتے ہیں لیکن میں اپنے تجربے کی بنا پر بڑی آسانی سے سب کچھ حاصل کر لیتا ہوں‘‘۔

’’تم کوشش کر کے دیکھ لو تو تمہیں مایوسی ہوگی‘‘

’’دوسرے کمرے میں تمہارا آٹھ سالہ بیٹا ایاز سو رہا ہے‘‘۔

’’تم میرے بیٹے کو ہاتھ نہیں لگا سکتے‘‘

’’مجھے کون روکے گا‘‘

’’کیا تم معصوم بچے پر بھی ترس نہیں کھاتے‘‘۔

’’یہ کتابی باتیں کر کے تم میرا وقت ضائع نہ کرو۔ تم تو ہو ہی لکھاری میں تمہاری اصلیت سے خوب واقف ہوں۔ ساری دنیا کے لیے نصیحتیں، تمہارے قول وفعل میں کتنا تضاد ہے، تمہیں آئینہ دیکھتے ڈر نہیں لگتا‘‘

’’ہاں میں ادیب ہوں، ادب کی، انسانیت کی خدمت کر رہا ہوں‘‘

’’خدمت، بھئی واہ، بھئی واہ۔ تم اس کی بجائے کوئی اور کام کیوں نہیں کر لیتے، تمہاری بیوی بچوں کا بھلا ہوگا‘‘

’’تم مجھے ڈکٹیشن دینے والے کون ہوتے ہو‘‘

’’تم بھول جاتے ہو، تمہیں یاد دلانا پڑتا ہے کہ میرے ہاتھ میں بھرا ہوا پستول ہے۔ چلو اب جلدی سے اپنی جمع پونجی لے آؤ میرا وقت برباد مت کرو‘‘۔

’’میں نے پہلے ہی بتا دیا ہے میرے پاس کچھ نہیں۔ ایک ادیب کے پاس ہو بھی کیا سکتا ہے‘‘

’’تم مجھ سے کچھ چھپا نہیں سکتے۔ میں جانتا ہوں۔ بعض لوگوں کی ستائش برسرِ اقتدار لوگوں کی تعریف، کسی کے لیے ذم اور دشنام لکھنے سے بھی تم باز نہیں آتے‘‘

’’نہ جانے تم کیا بکواس کر رہے ہو۔ میں ایک کھرا ادیب ہوں‘‘۔

’’ہر ادیب وشاعر خود کو کھرا سمجھتا ہے لیکن میری طرح کچھ لوگ تمہاری حقیقت سے خوب واقف ہوتے ہیں‘‘۔

’’خیر، میں دوسرے کمرے سے تمہارے بیٹے کو لے آتا ہوں۔ تمہاری بیوی خود بخود آ جائے گی۔ پہلے اسے کے گھٹنے میں گولی مار کر اسے زندگی بھر کے لیے اپاہج بنا دوں گا اس کے بعد بھی تم نے میری بات نہیں مانی تو اسے گولی مار دوں گا۔ یہ بے آواز پستول ہے۔ تم خاطر جمع رکھو کسی کو پتا بھی نہیں چلے گا۔ ایک اور بات تمہیں بتانا چاہتا ہوں تا کہ تمہاری تسلی ہو جائے۔ باہر پولیس کھڑی ہے۔ وہ تمہاری نہیں میری حفاظت کے لیے ہے۔ وہ مجھے ساتھ لے کر جائے گی۔ اس کا بھی حصہ ہے اب تو فیصلہ کر لو‘‘

’’حکم تو تم صادر کر رہے ہو، میں کیا فیصلہ کر سکتا ہوں لیکن ٹھہرو بیوی کے پاس کچھ زیور ہیں میں لائے دیتا ہوں لیکن اس کے بعد تم شرافت سے چلے جاؤ گے‘‘۔

’’تم نے صحیح کہا مرے علاوہ شرافت کا مظاہرہ کون کر سکتا ہے۔ باقی تو سارے کمینے ہیں بشمول تمہارے‘‘

’’تم نے مجھے پہچانا نہیں‘‘

’’کون ہو تم؟‘‘

’’میں تمہارے ناول کا ایک کردار ہوں جسے تم نگیٹو کردار کہتے ہو۔ تم مرے خالق ہو، میرے اندر جتنی بدی اور خباثت بھری ہے تمہارا تخلیق کردہ ہے۔ میرا نام گھسن ہے۔ تمہارے ناول کا یہ جملہ تو بہت مشہور ہے جسے میں اکثر دہراتا ہوں ’’گھسن کا گھونسا‘‘ تم مجھے نہیں پہچانتے‘‘۔

’’تو اپنے خالق کے ساتھ تمہارا یہ رویہ مناسب ہے‘‘

’’تم خالق ہو لیکن خدا نہیں۔ میں چاہتا ہوں تم بھی مزہ چکھو اس کڑواہٹ کا جو تم اس کمرے میں بیٹھ کر تیار کرتے رہتے ہو۔ تم نے کامنی کو میرے ہاتھوں کوٹھے پر بٹھایا۔ تم اپنے دل پر ہاتھ رکھ کر بولو کیا تم اس کے ساتھ

شب بسری کے خواہش مند نہیں تھے۔ میں تمہارے اندر کی کالک کو خوب جانتا ہوں‘‘۔

’’تمہارے ناول کی کامیابی میں میرا بھی بڑا حصہ ہے۔ تمہارے ہیرو اور ہیروئنوں کو لوگ بھول چکے ہیں۔ انہیں یاد ہے تو صرف گھمسن، دلاور، جی دار۔ جس کا وار کبھی خالی نہیں جاتا۔ یاد ہے نا تمہیں‘‘

’’ہاں ہاں میں نے تمہیں تخلیق کیا۔ دنیا کو بتانے کے لیے کہ برائی کیا ہے۔ یہ کہاں سے جنم لیتی ہے۔ اس کا انجام کیا ہوتا ہے‘‘

’’وہ تو تم سب بتا چکے۔ اپنا ناول فروخت کر چکے۔ اس کامیابی کے بعد لوگ تم سے نئے ناول کا تقاضا کر رہے ہیں۔ تمہاری کامیابی میں میرا بھی حصہ ہے۔ وہی لینے آیا ہوں۔ تم پریشان کیوں ہو۔

’’جاؤ زیور لے آؤ۔ میں سونے کی مقدار دیکھ کر ہی جانے کا فیصلہ کروں گا۔ اگر تم نے ڈنڈی ماری تو اپنا ہی نقصان کرو گے بتائے دیتا ہوں‘‘

پلنگ سے اٹھتے ہی اس کی آنکھ کھل گئی اور وہ سر پکڑ کر بیٹھ گیا۔

’’وقت کی شہزادی‘‘

عظمیٰ صدیقی

موسم آج بہت خوشگوار تھا۔ کتنے دن بعد آج دھوپ نے آنکھیں کھول کر اجالے بکھیرے تھے۔ ہر روز لندن کے خنک دھندلکوں میں گھرے سرمئی بادلوں کی شال اوڑھے صبح اداسی لیے مسکراتی اور لندن کے باسی دن بھر صبح اور شام کے منظروں میں کوئی امتیاز ہی نہ کر پاتے لیکن آج تو دھوپ نے ایسی گدگدی کی کہ صبح بھی کھل کھلا کر ہنس پڑی۔ میری بیٹی کیٹ کی سُستیاں بھی مستیوں میں بدل چکی تھیں۔ بہت دیر تک وہ کمرے میں باریک پردوں سے چھن کر آنے والی دھوپ کے دائروں سے جو ہوا سے جنبش کرتے ہوئے پردوں کے ساتھ کمرے کے فرش پر اِدھر اُدھر بھاگ رہے تھے کھیلتی رہی اور پھر تھک کر قلوپیطرہ کی طرح ایک کافرانہ انگڑائی لیتے ہوئے اپنی نرم گداز مسند پر نیم دراز ہوگئی۔

کمرے کی کھڑکی سے مٹھی بھر دھوپ کو آنکھ بھر کے دیکھنا میرے نزدیک حُسن فطرت کی توہین تھی۔ چنانچہ تازہ غسل کے فوراً بعد میں کافی کا مگ لیے کنزرویٹری کا دروازہ کھول کر گارڈن میں آ گئی۔ صبح کی تازگی، ہوا کی سبک روی اور پھولوں کی مہک سانسوں میں گھُل رہی تھی۔ یہ لندن کی حسین ترین صبحوں میں سے ایک صبح تھی۔ فطرت سے میری دوستی بہت پرانی ہے۔ پھول، کلیاں، ہوا، پرندے، تتلیاں، بادل، دھوپ سب میرے دوست ہیں۔ میں انہیں بہت پیار سے دیکھتی ہوں اور محسوس کرتی ہوں۔ یہ سب میرے احساس، میرے پیار کو جانتے ہیں۔ میری تنہائی کے ساتھی ہیں۔ مجھ سے باتیں کرتے ہیں اور میں انہیں اپنے قصّے سناتی ہوں۔ کبھی یہ میرے آنسو پیتے ہیں تو بارش ہو جاتی ہے کبھی یہ میری ہنسی چھوتے ہیں تو دھوپ کھلکھلاتی ہے۔ کبھی میں اداس ہوتی ہوں تو تتلیاں میرے آنگن میں اتر کر پھول سے خوشبو چرا کر مجھ سے کہتی ہے دیکھو تو زندگی کتنی رنگین ہے۔ کتنی حسین ہے۔ پھولوں کی طرح، خوشبو کی طرح۔ پھر تم کیوں اداس ہو؟ اور میری اُداسی اُن کے رقص میں کھو جاتی ہے۔ میں نے اپنی روح کو فطرت کو سونپ دیا۔ میرا پورا وجود رنگ اور خوشبو میں بھیگتا چلا گیا۔ دھوپ مجھے بھگو چکی تھی اور رنگوں نے مجھے اوڑھ لیا تھا۔ سرخ، سفید، نیلے، اودے پھولوں کے رنگوں نے میری ہم جولی تتلیوں اور میرے دوست پھولوں نے میری پیار بھری آنکھوں کو چُوما اور میں نے اُن کی ہنسی پر اپنا دل رکھ دیا۔

چلو باہر کھُلی فضا میں چلیں۔ ہوا نے میرا ہاتھ تھام کر کہا۔ تتلیوں نے سوال کیا۔ کیا خیال ہے آنکھ مچولی کھیلیں؟ وہ گھاس کا بڑا سا میدان جو گھر کے پیچھے ہے آ جاؤ تم بھی اُدھر۔۔۔ ہم وہی جا رہے ہیں۔ سرخ گلابی پھولوں کے پاس ملاقات کریں گے۔ تتلیاں ہنستی کھیلتی، ڈولتی گھاس کے میدان کی طرف نکل گئیں۔ میں نے تو نہ کبھی فطرت کی بات ٹالی نہ اپنے ان دوستوں کی۔ کافی کا آخری گھونٹ ختم کر کے میں نے صبح کے تین رنگوں والا لباس پہنا۔ آپ پوچھیں گے بھلا صبح کے تین رنگ کونسے ہیں۔ سفید، نیلا اور ہلکا گلابی۔ سفید اُجالے کی علامت، نیلا رنگ زندگی کی اور گلابی تازگی اور شادابی کی۔ صبح کے تین رنگوں والا لباس پہن کر، شیشے کے سامنے میں نے مسکرا کے خود کو نہیں ان تینوں رنگوں کو ستائشی نگاہوں سے دیکھا اور اپنی پسند کی چند کتابیں اٹھا کر گھر سے نکل کر اس سبز میدان اور سرخ گلابی پھولوں کے کنج کا رخ کیا جہاں میرے دوست پھول، خوشبو، تتلی، ہوا، رنگ سب میرے منتظر تھے۔ تھوڑی دیر تک تو ہم نے ایک دوسرے سے آنکھ مچولی کھیلی پھر حسبِ عادت میں قریب کی بینچ پر اپنے ساتھ لائی کتاب لے کر بیٹھ گئی۔ میں کتاب کی سطروں سے نظر اٹھا کر کبھی کبھی سرخ گلابی پھولوں کی ہنسی سن کر مسکرا دیتی جو تتلیوں کی گدگدی پر اور ہوا کی شرارتوں سے لجاتے، لہراتے اور کھلکھلاتے کتنے پیارے لگ رہے تھے۔

سبز گھاس کے اس وسیع میدان میں حدِ نگاہ تک پھولوں کے تختے اس ترتیب سے تھے کہ سبز گھاس کی روشوں پر چلنے والوں کو یوں لگتا کہ جیسے پھول اُن کے ہر قدم کو چُومتے چلے جا رہے ہیں۔

’’کیا تمہارے پاس وقت ہے‘‘

’’میں تم سے بات کر سکتی ہوں؟‘‘

میں چونک کر اُس آواز کی طرف مڑی تو میں نے دیکھا۔ اُس نے بھی میری طرح تین رنگوں والا لباس پہن رکھا تھا۔ اُس کی گلابی رنگت پر یہ لباس خوب کِھل رہا تھا۔ اُس کی آنکھیں ستاروں کی طرح روشن اور اُس کے ہونٹ ڈیزی کے پھولوں کی طرح نازک گلابی تھے۔

’’ہاں کیوں نہیں۔۔۔ میرے پاس بہت وقت ہے۔ میں اُسے بانٹنا چاہتی ہوں‘‘۔ جیسے آج سورج دھوپ بانٹ رہا ہے اور ہوا خوشبو اور پھول رنگ۔۔۔ میری مسکراہٹ نے بڑھ کر اُس سے مصافحہ کیا۔

’’لیکن اس شہر میں تو وقت کی بہت کمی ہے‘‘

’’کوئی کسی کی بھی نہیں سنتا‘‘

وہ ستاروں جیسی آنکھوں والی لڑکی اداسی سے مسکرائی۔

’’ہاں تم نے سچ کہا۔ اس شہر کے لوگ وقت کے معاملے میں بہت غریب ہیں‘‘

’’لیکن میں ہوں اس شہر کی امیر ترین وقت کی شاہزادی‘‘

میں نے خوش دلی سے ڈیزی جیسی رنگ والی لڑکی سے کہا۔

’’تم کب سے اس شہر میں ہو‘‘ اُس کے لہجہ میں تجسس اور آنکھوں

میں خلوص گھل مل رہے تھے۔

''زمانوں سے۔۔۔ مجھے اب سال اور دن یاد نہیں رہتے''

''کیونکہ سال اور دنوں کی قید میں رہنے والے وقت کے اسیر ہو جاتے ہیں۔۔۔ اور مجھے اپنی آزادی بہت عزیز ہے۔۔۔ میں اسے وقت کو بھی نہیں دے سکتی''۔۔۔ میں نے اُس کے مخلصانہ تجسس کو تھپتھپاتے ہوئے کہا۔

''ہمارا ایک دوسرے سے تعارف نہیں ہوا۔۔۔ تم نے میرا نام بھی نہیں پوچھا''۔اُس نے تعارف کی دستک سے پہچان کا دروازہ کھولنا چاہا۔

''ستاروں کی آنکھوں والی لڑکی''۔یہی نام ہے نا تمہارا۔ میں نے ہنس کر کہا۔

''ہوں۔۔۔ اور میں بتاؤں۔۔۔ تمہارا نام بھی مجھے معلوم ہے''

اب وہ حیرت اور خوشی لیے بے تکلفی کی دہلیز پر قدم رکھ چکی تھی۔

''ہاں بتاؤ۔۔۔ کیا نام ہے میرا؟''

میں بھی اُس کی بے تکلفی کا خوش دلی سے خیر مقدم کر رہی تھی۔

''دوست تمہارا نام یہی ہونا چاہیے''اُس کی مسکراہٹ میں کتنا اعتماد تھا۔

''اچھا تو تم بھی جان گئیں۔۔۔ تمہیں کس نے بتایا میرا نام۔۔۔''

میں نے حیرت سے پوچھا۔

''تمہارے دوستوں نے۔۔۔ وہ دیکھو اُس نے گلابی، سرخ پھولوں کی طرف اشارہ کیا۔۔۔''اور اُن تتلیوں نے'' اُس نے سفید پروں والی سرخ پھولوں پر منڈلاتی شوخ تتلیوں کی طرف اشارہ کیا۔۔۔''اور اس نے بھی'' اُس نے مٹھی کھول دی۔۔۔ وہ جگنو تھا شاید۔۔۔ لیکن مجھے تو وہ دن میں بھی نظر آ جاتا ہے اس لئے تعجب نہیں ہوا۔

''تمہیں معلوم ہے کہ اس شہر میں اتنی خوبصورت صبح اتنے سارے دنوں بعد کیوں آئی''۔اُس نے مشکل اور قابل توجہ سوال کیا تھا۔

''نہیں مجھے نہیں معلوم''۔تم بتاؤ آج اتنا خوبصورت دن کیوں نکلا ہے؟ میں نے اُس کا سوال اُسی کو لوٹا دیا۔

''لندن کی دھوپ نے آج اس لیے آنکھیں کھولی ہیں کیونکہ آج تمہارے جیسے کچھ اور لوگ بھی شہر میں آ گئے ہیں۔۔۔ وہ یہاں اس سبز میدان میں بس پہنچنے ہی والے ہیں۔۔۔ فطرت کے دوست۔۔۔ چاند تاروں کے ساتھی۔۔۔ تتلیوں کے ہم جولی۔۔۔ کتابوں اور حرفوں سے محبت کرنے والے''

''سچ''ایسے لوگ کہاں ہیں اور کب آئیں گے۔۔۔ میں نے بیتابانہ پوچھا۔

''وہ دیکھو اُن سبز روشوں کی طرف'' اُس نے ایک سمت کی طرف اشارہ کیا۔

میں نے دیکھا سبز روشوں پر قطار در قطار وہ ایک چھوٹے سے کارواں کی صورت گزر رہے تھے۔اُن کے چہرے آفتاب کی طرح روشن تھے۔ اُن کی پیشانیوں پر صبح کے نور کا اجالا تھا۔۔۔ اور اُن کی آنکھیں ستاروں جیسی آنکھوں والی لڑکی سے بالکل ملتی جلتی۔۔۔ نیلے اور گلابی رنگوں والے۔۔۔ زندگی، تازگی، شادابی اور اجالے کی علامت لیے ہوئے۔

دھوپ، موسم، فطرت، زندگی کتنی خوبصورت ہے میں کیوں اداس رہتی ہوں؟۔۔۔ شہر زندہ ہے ابھی۔۔۔ لوگ خوبصورت ہیں ابھی۔۔۔ آفتاب جیسے روشن چہروں والے۔۔۔ خوشبو جیسے لہجوں والے، پھولوں جیسی باتوں والے۔۔۔ یہ لوگ زندگی کی۔۔۔ محبت کی۔۔۔ رعنائی کی اور حُسن کی علامت ہیں۔۔۔ اور حسن نیکی ہے اگر حسن سچائی ہے تو وہ لازوال ہے۔

لندن کی خنک فضاؤں میں اس مہکتی دھوپ بھری صبح کو میں نے محبت سے دعا دی۔

اس شہر بلکہ پوری دنیا کو اجالوں کی ضرورت ہے۔۔۔ دھوپ کی ضرورت ہے۔۔۔ معصومیت اور پاکیزگی کی ضرورت ہے۔۔۔

خدا کرے کہ یہ صبح بار بار آئے

خدا کرے یہ صبح یہیں ٹھہر جائے

میں نے یہ دعا گنگنائی تو میرے ساتھ بیٹھی میری ہمزاد ستاروں جیسی آنکھوں والی لڑکی نے آمین کہا اور فضا میں سفید، نیلے، پیلے، گلابی، سبز اور جامنی رنگوں کی کہکشاں طویل حصار کھینچ کر ہماری ہاں میں ہاں ملانے لگی۔۔۔

فیصلے کا کرب

کشمیری لال ذاکر

بے حد عجیب بات ہے۔

لوگ دماغ سے سوچتے ہیں، میں دِل سے سوچتا ہوں، سوچنے کی ذمہ داری میں نے دل کو سونپ رکھی ہے۔

میرا دماغ سوچتا نہیں، ہر لمحہ اڑانیں بھرتا رہتا ہے اور آسمانوں کی وسعتیں ماپتا رہتا ہے۔ اس اُفق سے اُس اُفق تک۔ پہاڑوں کی اونچائیوں سے پاتال کی گہرائیوں تک۔ ٹھہراؤ اُس کی تقدیر میں ہے ہی نہیں۔ ہر وقت اُڑتے رہو، ہر گھڑی مائلِ پرواز رہو۔ جہاں جہاں سے ملیں خوبصورت چھوٹے چھوٹے تنکے چنتے رہو۔ صنوبروں، چیلوں، دیوداروں پائن کے درختوں کے پیارے پیارے تنکے۔ پرندوں کے خوبصورت رنگوں کے چھوٹے چھوٹے پنکھ۔ موروں کے پنکھ۔ بلبلوں کے پنکھ۔ چکوروں کے پنکھ۔ فاختاؤں کے پنکھ۔ ریڈ بشپ کے پنکھ اور ہو سکے تو ہُما کے پنکھ بھی۔ جس کا سایہ کسی پر پڑ جائے تو وہ رات کی رات میں بادشاہ بن جائے۔ میرا دماغ ان طرح طرح کے رنگین تنکوں کے چھوٹے چھوٹے آشیانے بناتا رہتا ہے اور ان میں اپنی مرضی کے لیے پیارے پیارے پرندوں کے چھوٹے چھوٹے بچوں کی پرورش کرتا رہتا ہے اور اُنہیں نازک نازک خیالوں، خوابوں، تاج محلوں اور اجنتا والورا کی تصویروں اور وال پینٹنگز سے حاصل کی ہوئی خوراک کے چھوٹے چھوٹے ریزوں کی مدد سے اُنہیں پروان چڑھاتا رہتا ہے۔

ایک دن جب میں اپنے دل کی مدد سے زندگی کے کچھ بہت ہی اہم فیصلے کرنے کی جدوجہد میں مصروف تھا اور میری تمام تر توجہ ایک ہی نکتے پر مرکوز تھی۔ میرا دماغ بغیر اجازت حاصل کئے اور بنا دستک دیے اندر آ گھسا۔

''حضور میں دخل اندازی کر سکتا ہوں؟''

''اس وقت بے حد مصروف ہوں، ذرا دیر میں آ سکتے ہو؟''

''نہیں سرکار، معاملہ بہت ہی ارجنٹ ہے۔'' دماغ نے انگریزی کے لفظوں کا استعمال بھی سیکھ لیا تھا۔

''تو بولو۔''

''میں ہُما کا ایک چھوٹا سا، خوبصورت پنکھ لایا ہوں، ساتویں آسمان سے۔ دیکھئے تو۔''

اُس نے ایک نہایت خوبصورت، پیارا ساتوں رنگوں سے آراستہ ایک چھوٹا سا پنکھ میرے سامنے رکھ دیا۔

''ارے یہ تو کمال کر دیا تُم نے؟''

دماغ کھُل کر ہنسا۔ وہ جب بھی کھُل کر ہنستا ہے تو میرے سامنے پُورنما کی بھرپور چاندنی رقص کرنے لگتی ہے۔ میں اس کی ہنسی سے محور ہو گیا۔ میرے دل نے اپنی بہت ہی سنجیدہ سمسیا کی فائل فوراً سمیٹ لی اور ایک طرف خاموش کھڑا ہو گیا۔

''بس اب یہ کیجیے کہ اس پنکھ کو اپنے سیاہ وسفید کھچڑی بالوں میں پل بھر کے لیے رکھ لیجیے، آپ رات کی رات میں بادشاہ بن جائیں گے۔'' میں اُس کی بات سُن کر زور سے ہنسا۔

''ارے آپ تو ہنس دیئے، میری بات پر۔''

''بھائی تمہارا بہت بہت شکریہ۔ میں تو ایک فقیر ہوں۔ ایک درویش۔ درویش کبھی بادشاہ بننے کا خواب نہیں دیکھتا وہ تو دوسروں کو بادشاہ بناتا ہے۔ خود اپنی پھٹی پُرانی بوسیدہ گودڑی ہی میں مست رہتا ہے۔ میں جہاں ہوں وہاں بہت خوش اور مطمئن ہوں۔''

اُسی لمحہ پاس ہی ایکدم خاموش کھڑا میرا دل بول اٹھا۔

''آپ کے تمام فیصلے تو میں کرتا ہوں۔ آپ بنا مجھ سے پوچھے اتنا بڑا فیصلہ اپنے آپ کیسے کر سکتے ہیں؟''

''مگر ویٹو کا حق تو میرے پاس ہے۔ یہ حق تو اب تک میں نے کسی کو نہیں سونپا۔'' میں نے جواب دیا۔

''یہ بات تو درست ہے۔ لیکن ایک بار پھر سوچ لیجیے فیصلہ کرنے میں جلد بازی نہ کیجیے۔''

''جلد بازی نہیں کروں گا دوبارہ سوچ لوں گا۔ اس لئے تم دونوں، دماغ اور دل مجھے تھوڑی دیر کے لئے تنہا چھوڑ دو۔''

اُن دونوں نے تھوڑے وقفے کے لیے مجھے تنہا چھوڑ دیا اور مجھے ایک دم اکیلا چھوڑ کر چلے گئے اور وہ چھوٹا سا وقفہ، جس کی میں نے اُن دونوں سے مہلت لی تھی آخر، پھیلتے پھیلتے دنوں، ہفتوں، مہینوں اور برسوں کو اپنی گرفت میں لئے صدیوں تک پہونچ گیا اور میں ابھی تک یہ طے نہیں کر سکا کہ ویٹو کا حق اپنے پاس رکھوں یا کسی دوسرے کو سونپ دوں۔ میں تذبذب کے کرب میں آج تک مبتلا ہوں۔

''کیا آپ میری مدد کر سکتے ہیں؟''

کیا آپ بتا سکتے ہیں کہ میں دماغ اور دل دونوں کی بات مانوں یا ویٹو کا حق اپنے ہی پاس رکھوں؟

☆

''خانقاہ''

عذرا اصغر

جب میں نے اسے پہلی دفعہ دیکھا تو وہ مجھے عجیب سی مخلوق لگا۔ وہ میرے لان میں گھاس کے قطعے پر بیٹھا بے دھیانی سے گھاس کی پتایاں نوچ رہا تھا۔ میرے پیروں کی آہٹ سن کر وہ متوجہ ہوا اور ہمہ تن مؤدب ہو کر کھڑا ہو گیا۔ بہت دھیمے سے شاید اس نے سلام بھی کیا۔

''اچھا تو تم ہو۔ کب سے ڈرائیوری کر رہے ہو؟ میں نے خالصتاً بیگماتی لہجے میں پوچھا۔

''سر! کچھ زیادہ عرصہ نہیں ہوا۔ مگر اچھی پریکٹس ہے اور مجھے گاڑی کے پرزوں کی بھی جان کاری ہے۔ اب سے پہلے صرف ایک جگہ نوکری کی تھی۔ صرف چار مہینے۔۔۔'' وہ خاموش ہو گیا۔

''پھر۔۔۔؟ تم نے چھوڑی یا انہوں نے چھٹی کرا دی؟''

''سر! میں نے چھوڑ دی۔۔۔''

''کیوں۔۔۔؟ کیا تنخواہ کم تھی؟''

''جی نہیں۔ بہت کھاتے پیتے لوگ تھے۔ تنخواہ بھی اچھی تھی۔''

''پھر۔۔۔؟''

''من نہیں مانا۔۔۔''

''اوہ!۔۔۔'' میں نے دل میں حیرت کی۔ ''دلچسپ آدمی ہے۔ مگر اس کی داڑھی۔۔۔؟''

مجھے ڈاڑھی والے مردوں سے للّٰہی بیر ہے۔

''کیا نام ہے تمہارا۔۔۔؟'' اس کی سیاہ گھنی داڑھی کو نظر انداز کرتے ہوئے میں نے پوچھا۔

''وصال خان جی۔''

''نام بھی بڑا عجیب ہے۔'' میرے دل نے پھر حیرت کی۔

یہ تب کی بات ہے جب میں پہاڑوں سے گھرے، پھولوں سے سجے اور قدرتی مناظر سے آراستہ خوبصورت شہر اسلام آباد کی رہائشی تھی اور ایک بڑے رقبے پر بنے میرے گھر کا لان بہت وسیع تھا۔ جس کے مناسب حصے کو بیٹھنے اٹھنے کے لیے چھوڑ کر باقی میں بے شمار درخت، پودے لگا کر میں نے گویا جنگل بنا دیا تھا۔ مگر نہیں۔۔۔ جنگل سے تشبیہ دینا شاید غلط ہو گا۔ جنگل میں اگے درخت تو بے ہنگم ہوتے ہیں اور ان کا منظر بھی خوشنما نہیں ہوتا ہے۔ مگر یہ تو باغ تھا۔ ثمر بردار درختوں اور خوشبو چھوڑتے پھولوں سے لدے درختوں کو ترتیب سے لگایا ہوا، سدا بہار اور موسمی پھولوں کے نوخیز پودوں سے سجا ہوا۔۔۔ پھر وہ گھر۔۔۔ میری یادوں میں بسا رہ گیا۔ دنیا کے اس عارضی ٹھکانے میں بھی انسان کے ٹھکانے بدلتے رہتے ہیں۔ معاشی ضرورتیں اسے قریہ قریہ اڑائے پھرتی ہیں۔ میں بھی اس خوبصورت شہر کو خیر باد کہہ کر ایک اور طرح کے خوبرو شہر میں آ بسی ہوں۔ یہاں بھی میرے پاس ایک ڈرائیور ہے مگر جو ربط پہلے والے ڈرائیور وصال خان سے ہوا تھا وہ اس نئے ڈرائیور ندیم سے نہیں ہو سکا۔ ہو بھی نہیں سکتا۔ ان دونوں ڈرائیوروں میں قدر مشترک صرف ڈرائیونگ ہے۔

وصال خان پوٹھوہاری تھا جبکہ ندیم مہاجر ہے۔ اس نے پانچ چھ جماعتیں انگلش میڈیم اسکول سے پڑھی ہیں۔ اس برائے نام تعلیم نے اسے ناکارہ کر دیا ہے۔ وہ گھر کا رہا نہ گھاٹ کا۔ اس مختصر ترین انگلش دانی نے اردو کو اس کے ذہن میں خلط ملط کر دیا ہے۔ گاڑی چلانے کے علاوہ اسے کچھ بھی نہیں آتا۔ حتیٰ کہ گاڑی کا تھوڑا سا مکینیکزم بھی۔۔۔

اس کہیے ''بیٹا! ذرا ایک کلو پھول گوبھی لے آنا۔'' تو وہ کرم کلا (بند گوبھی) لے آتا ہے۔ کسی راستے پر اسے دائیں مڑنے کو کہیے تو وہ بائیں مڑ جاتا ہے اور اس کنفیوژن میں وہ لیفٹ رائٹ بھی بھول جاتا ہے۔ اسے پتہ سمجھایا جائے۔ ''خیابان محافظ سے حافظ پر مڑ جانا اور پھر پہلے ہی سگنل سے سحر پر۔۔۔''

جی سمجھ گیا۔'' وہ مستعدی سے کہتا ہے۔

''بتاؤ کیا سمجھے۔۔۔؟''

وہ ٹوپی اتار کر سر کھجلاتا ہے اور نہایت مؤدب ہو کر کہتا ہے۔

''جی بالکل سمجھ گیا۔ مجاہد سے پہلے ہی سگنل پر۔۔۔'' اس کی مسکین صورت دیکھ کر ہنسی آ جائے تو وہ اور بھی بوکھلا جاتا ہے۔

میں کہتی ہوں۔ ''ندیم مسز فیضان کے گھر چلنا ہے۔ یاد ہے نا۔؟''

''جی جی۔ وہی سنہری بالوں والی بیگم صاحبہ۔۔۔؟''

''ہاں بالکل وہی۔۔۔'' میں اس کی سمجھداری پر خوش ہوتی ہوں۔ مگر وہ گاڑی لے جا کر لمبے بالوں والی زہرہ جبیں کے دروازے پر کھڑی کر دیتا ہے۔

اپنے بارے میں وہ بتایا کرتا ہے۔

''ابا مجھے پائیلٹ بنانا چاہتے تھے۔ میں انگلش میڈیم اسکول میں پڑھتا تھا۔ مگر ابا کا میری کمسنی میں ہی انتقال ہو گیا۔ میں بہن بھائیوں میں سب سے بڑا تھا۔ مجبوراً پڑھائی چھوڑ کر محنت مزدوری کرنا پڑی۔ زندگی کا نظام ہی بدل گیا۔ پھر میں نے گاڑی چلانا سیکھی اور ڈرائیور ہو گیا۔''

''چلو! پائلٹ تو تم اب بھی ہو۔ فضا کے نہ سہی سڑک کے سہی۔'' میں نے کہا اور سوچنے لگی۔

''ندیم اگر سچ مچ پائلٹ بن جاتا تو فضاؤں میں بھٹکتا پھرتا۔ اسے سڑک کے راستے یاد نہیں ہوتے تو آسمان کے اور زمین کے بیچ کے رستے کیسے یاد ہوتے؟

ندیم کی ایک واحد خصوصیت اس کا شریف اور ایماندار ہونا ہے۔

شریف اور ایماندار آدمی تو وصال خان بھی تھا۔ اگرچہ تنومند اعضاء پر از حد توانا سیاہ داڑھی میں ہرگز وہ شریف آدمی نہیں لگتا تھا۔ لیکن اللہ تعالیٰ نے اس کے چوڑے چکلے سینے میں کسی معصوم چڑیا کا منا سا گداز دل رکھ دیا تھا۔ وہ ان لوگوں کی مدد کے لیے بھی ہمہ وقت تیار رہتا تھا جن سے اسے کسی قسم کا کوئی فائدہ پہنچنا تو درکنار، بھلائی کی بھی توقع نہیں ہو سکتی تھی۔ وہ ہشیار تھا مگر شاطر نہیں تھا۔ وہ بطور ڈرائیور میرے گھر آیا تھا لیکن میرے باغ میں از خود مالی کا کام بھی کرنے لگا تھا۔ وہ مجھے کیاریوں میں پنیری لگاتے دیکھتا تو خود بھی آ کر میرے ساتھ کام کرنے لگتا۔ پھر یوں ہونے لگا کہ فالتو وقت میں نرسری نرسری میرے ساتھ گھومتا۔ خوشنما پودوں کی نشاندہی کر کے مجھے خریدنے کے لئے کہتا۔ وہ باغبان نہیں تھا، کسان تھا۔ مگر میرے ساتھ رہ کر باغبانی سیکھ گیا تھا۔

پہلی نظر میں مجھے بڑا کھردرا آدمی لگا تھا۔ گھنی سیاہ، پلی پلائی داڑھی نے اسے خاصا خوفناک سا بنا دیا تھا۔ جانے کیوں مجھے ایسی داڑھی سے انسان تند خو اور بدمزاج لگتا اچھی سنت ہے کہ اچھے بھلے انسان کا حلیہ پیٹ کے رکھ دیتی ہے۔ جبکہ فرائض کی پابندی سے چشم پوشی اختیار کر لی جاتی ہے۔ میرے خیال میں تو یہ سب مردوں کی کاہلی کا نتیجہ ہے۔ میں نے ایک دن وصال خان کو سو روپے کا نوٹ پکڑا کر کہا۔ ''لو وصال خان یہ پیسے لو اور اپنی یہ لمبی ڈاڑھی کم از کم چھوٹی ضرور کروالو۔''

میرے ہاتھ سے سو روپے کا لال نوٹ پکڑ کر وہ ہنسا اور بولا۔

''سر جی! داڑھی تو پردہ ہے، شخصیت کا۔''

''اوہ۔'' میں چونکی۔ ''دو ٹکے کا ڈرائیور تو فلسفہ بول گیا۔''

بظاہر اس کی تعلیمی قابلیت قرآن مجید تک محدود تھی۔ اردو بھی تھوڑی بہت اٹک اٹک کر پڑھ لیتا تھا۔ میرے گھر کتابوں اور اخبارات کی فراوانی نے اسے اسطرف بہت حد تک راغب کر دیا۔

سات برس وہ میرے ہمرکاب رہا۔ بچوں کو اسکول، بیٹے جی کو عدالت اور میاں کو کلینک چھوڑ کر وہ گاڑی لے کر گھر آ جاتا اور ان سب کی واپسی تک وہ اور گاڑی میرے اختیار میں ہوتی۔ دن کے دو تین گھنٹے مختلف نرسریوں کی خاک چھاننا، مالیوں سے معلومات حاصل کرنا، نئے نئے پھول پھلواری کے بارے میں جانکاری حاصل کرنا اور پھر انہیں خرید لینا، میرا محبوب مشغلہ تھا۔ درختوں اور پودوں سے بچی آس پاس کی جگہ پر وصال خان اپنے تجربے اور شوق پورے کرتا۔ کبھی آلوؤں کی کاشت کرتا اور کبھی اروِیاں اگاتا۔ سبزی کا شعبہ اس کی محبت میں بہت خود کفیل جا رہا تھا۔ کبھی وہ تربوز اور خربوزے بھی بوتا۔ اس نے پشاور کی میٹھی مکئی کا تجربہ کیا۔ پودے بڑے ہوئے اور ان پر بھٹے لگے تو عجیب تماشہ دیکھنے میں آیا۔

مکئی۔ جس پر لگے بھٹے کے دانے اندر ہی اندر کوّے کھا جاتے۔ یہ بھی عجیب مشاہدہ تھا۔ کوّا اس خوش اسلوبی کے ساتھ اپنی چونچ سے بھٹے کا سبز چھلکا کھسکا کے اندر سے دانے کھا جاتا کہ اوپر سے پتہ ہی نہ چلتا۔ بھٹے کے سبز غلاف کے نیچے اس کی خالی گلی ہی رہ جاتی۔ وصال خان اسٹابری بھی اگاتا۔ جسے میری ڈیڑھ سالہ پوتی چٹ کر جاتی۔ رائم نے اتفاق سے دس مہینے کی عمر سے ہی چلنا شروع کر دیا تھا لہٰذا وہ اپنے بیشتر معاملات میں خود کفیل ہو گئی تھی۔ درختوں سے جھڑے کچے سبز آلوچے، پلاسٹک شیٹ پر پھیلی سرخ سرخ اسٹابری اور کچے پکے فالسے اس کی دست برد سے نہ بچتے۔ اور پتہ جب چلتا جب مٹی اور کیچڑ میں لتھڑی وہ لان میں کھیلتی نظر آتی۔ وصال اس کی بے ساختہ اداؤں پر بہت خوش ہوتا اور اسٹابری کا اسٹاک حتیٰ الوسع ختم نہ ہونے دیتا کہ اسٹابری رائم کو پسند تھیں اور سب لوگ اس کے حق میں دستبردار رہتے۔ کھیت کھلیان کے علاوہ وصال خان کا دوسرا شوق مزارات کی زیارت تھا۔ چھٹی والا دن وہ تمام کا تمام مزاروں پر گزارتا۔ بعض مرتبہ نرسری جاتے یا آتے وہ گاڑی کسی مزار کی طرف موڑ لیتا۔ تمام راستے بزرگ شخصیت کی کرامات کے قصے سنا کر مجھے متاثر کرنے کی کوشش کرتا رہتا اور روحانیت پر اپنی بساط بھر گفتگو کرتا۔ دلچسپی نہ رکھنے کے باوجود میں اس کی باتیں توجہ سے سنتی رہتی۔ میری وجہ سے آخر وہ بھی تو پھولوں میں دلچسپی لیتا تھا۔ جمعہ کے اخبار کا مذہبی صفحہ وہ بہت توجہ سے پڑھتا اور پھر سوال کرتا۔ مطلب پوچھتا۔ میری ہدایت پر وہ ہلکی پھلکی اسلامی کتابوں کا مطالعہ بھی کرنے لگا تھا جس سے اس کی معلومات میں تو اضافہ ہو ہی رہا تھا اس کی اردو پڑھنے کی استعداد بھی بڑھ رہی تھی۔ اب وہ کافی روانی سے اردو پڑھنے لگا تھا۔ پھر کچھ ایسا ہوا کہ میں نے وہ گھر وہ شہر چھوڑ دیا۔ وقت کا بے مہار شتر مجھے اپنے اس پسندیدہ شہر سے بہت دور لے بھاگا۔ میرا باغ، میرا چمن میری یادوں میں آباد رہ گیا۔ آگے بڑھا وقت پیچھے نہیں پلٹتا۔ آگے ہی آگے بڑھتا چلا جاتا ہے۔ اور بے بس انسان اپنے اس مرکب کی لگام کھینچنے سے قاصر رہتا ہے۔ میرے وقت کا راہوار بھی چلتے چلتے بہت دور نکل آیا ہے۔ اسلام آباد چھوڑے مجھے ایک طویل عرصہ بیت گیا مگر وصال خان خود کو حکائیت پارینہ نہیں بننے دیتا۔ وہ وقتاً فوقتاً مجھے فون کرتا رہتا ہے۔ اور میں خود بھی اس سے غافل نہیں رہ پاتی۔ اس کی ٹیلیفون کال میرے اس خوابناک گھر کی یاد بھی میرے دل میں تازہ کر دیتی ہے۔ وہ مجھے اپنے احوال و واقعات سے ہمہ وقت باخبر رکھتا ہے۔ اس نے اپنے چھوٹے سے گھر کے ایک کمرے کو خانقاہ بنا لیا ہے۔ ایک دفعہ جب میں وہاں گئی تھی تو اس نے بطورِ خاص مجھے وہ کمرہ دکھایا تھا۔ میں جوتے باہر دروازے پر اتار کر اندر داخل ہوئی تھی۔ مجھے لگا جیسے اس کمرے کی مقدس فضا میں میری یادیں ہر گام پر بکھری پڑی ہیں میرے سابق گھر کی بے شمار اشیاء کی صورت میں۔

کمرے کی دیواروں پر علم اور آیاتِ قرآنی کے فریم ٹنگے تھے۔ کمرے میں اگر بتی اور لوبان کی مہک بسی ہوئی تھی۔ کیسٹ پلیر پر ہلکے، مدھم سروں میں نعت لگی ہوئی تھی۔ اسکی بیوی آہستہ سے میرے قریب ہو کر بولی تھی۔

''یہ گھر میں ہوتے ہیں تو بس اسی کمرے میں بیٹھے رہتے ہیں۔ ان کے ملنے والے بھی یہیں آ کر رات گئے تک بیٹھے رہتے ہیں اور ان سے ذکر سنتے رہتے ہیں۔''

''کیسا ذکر؟'' میں حیران ہوئی۔

اوراب وصال خان نے مجھے فون پر کہا۔

''سر جی! میرے یہ ایک دوست شاعر ہیں۔ میں نے ان سے آپ کا ذکر کیا تھا۔ ذرا ان سے بات کر لیجیے جی۔''

رسمی حال احوال پوچھنے کے بعد میں نے کہا۔ ''وصال خان سے آپ کی دوستی کا سبب؟''

''محترمہ! آدمی شاعر ہو یا ادیب یا کچھ اور۔۔۔مگر زندگی میں مسائل اس کا ساتھ نہیں چھوڑتے۔ ایسے میں کسی نہ کسی اللہ والے، روحانی شخصیت کا سہارا دل کو تسکین پہنچاتا ہے۔ اور شاہ صاحب کی دعا میں تو بڑی برکت ہے جی۔''

''یہ کیا چکر ہے وصال خان؟'' میں پوچھتی ہوں۔ وہ ایک کھلا قہقہہ لگا کر کہتا ہے۔

''سر جی! یہ سب تو آپ کی تربیت کا فیض ہے۔ آپ کے گھر کی ڈرائیوری کے بعد میں نے نوکری نہیں کی۔ من مانا ہی نہیں۔ مگر جی روٹی بھی تو کھانا ہے۔ گھر چلانا اور بچے پالنا ہیں جی۔ آپ دعا کریں۔''

☆